笑いがもたらす日々とは

八十島 桂子
YASOSHIMA Keiko

文芸社

まえがき

私は、子供の頃から学生時代までシャイな性格だった。

それを表す一番印象に残っているのは、小学生時代の授業参観だった。私は先生と目が合わないように心がけ、自分から率先して挙手することは、まずなかった。

それなのに、この日は違った。

母が参観に来てくれたのだが、私は緊張のあまり、トイレに行きたくなってしまった。授業内容はうわの空で、下半身がムズムズしてくる。

もう我慢できなくなった私は、先生が質問もしていないのに、勇気を出して挙手した。

すると先生が、

「横山（旧姓）さん、どうしましたか？」

と怪訝そうに聞く。私は、皆の注目の視線を感じながら、

「あのートイレに行ってもいいですか？」

と汗だくになりながら言った。先生はやむなしと思ったのか、

「いいですよ」

と答えた。私は一目散で教室を出た。

廊下を歩いていると、先程まで動悸を打っていた心臓が収まり、私だっていざとなれば、挙手できるのだと変な自信が芽生えた。

トイレを済まし手洗いしていると、足音が聞こえてきた。見れば、同クラスの男の子だった。

——何だ、私だけじゃなかったのだ……。

と安堵した。教室に戻る時は、出た時と違って、単なるトイレに行っただけのことなのに、誇らしげな気持ちに変わっていた。

私の気持ちと裏腹に、母は恥ずかしい思いをしたのだろう。この授業参観を機に母の姿を見ることはなかったように思う。

今、世界の人口は八十億人を突破した。しかし、自分の人生と関わる人となると、極、極、僅かな人数に限られてくる。

こんな幼少期を送った私だが、成人になってから今日に至るまで、思い出に残っている人との出逢いを記してみた。

目次

子供が生まれて　39

うちの家族と愛犬　65

還暦を過ぎた私　86

老化現象　113

社会人になって

初めての職場

私は東京にある短大を卒業後、旅行会社に勤めた。

この旅行会社は、男性は全国採用で、女性は各ブロック別の採用方法を取っていた。

一番気に入った点は、この時代（一九七〇年代）には珍しく男女同一賃金だったことである。男女雇用機会均等法がまだ始まっていない時代で、圧倒的に男性優位の企業が多かった中では珍しく、故に女性には人気の企業だった。だから、女子大学生が就職したい企業にいつも名を連ねていた。

最初の配属先は、短大の近くにあり、社員数は五十名くらいの中規模支店だった。私は、この支店の乗車券グループの仕事を担当することになった。

乗車券グループは、当時は国鉄（今はＪＲ）の切符や飛行機のチケット、定期券、それからお得意様専用の手配を行っていた。

この乗車券グループには、なかなか個性派が揃っていた。髪の毛をポマードでしっかり固め、厚底靴を履いていた人。巨人ファンで巨人が試合に負けたら、翌日の仕事中は不機嫌になってしまう程、尾を引く人。化粧気が全くなく死人かと思うような顔立ちの人。そうかと思えば対照的に、歌舞伎役者のように白粉(おしろい)を塗り、隈取りのようなアイラインを入れて、真っ赤な口紅をつけた人等々。

旅行会社は接客業なので、新入社員研修のマナーでは、お客様が清潔感を感じられるような外見で接するよう指導されたが、現場に配属されて、凄く違和感が残った。

学生時代までの人間関係は、身内や自分の好きな人とだけお付き合いすれば良かったので、何でも遠慮なく言えた。つまり横軸の関係だったが、社会はそういうわけにはいかない。年齢層もバラバラなら、対応もバラバラ、先輩がいて後輩がいる、縦軸になるわけだ。だから、言葉遣いにも気を使ったつもりだったが、或る時、気が緩んだせいもあり、つい口に出てしまって、先輩を怒らせたことがあった。

それはグループが違う先輩に、名前が出てこなかったので、

「あなた」

と言ってしまったのだ。先輩は驚いて、

「妻からも『あなた』と呼ばれたことがないのに、新入社員から呼ばれるなんて!!」

と気分を害していた。私はすぐに謝罪したが、口に出てしまったものはしょうがない。

では、何と言えば良かったのか?

「ちょっとすみませんが」と言って、用件を言えば良かったのか? 呼称一つ取っても考えさ

せられる。これが社会勉強の一歩だった。

　話は逸れるが、私は夫のことを、〝主人〟と呼ぶのには抵抗がある。昔と言っても昭和の初期は、男性は外へ出て稼ぎ、女性は家庭を守る考えが当たり前だったご時世なので、男性が一家の大黒柱ゆえに「主」だった。

　それが今や、女性も外で働き、自分の分が食べていけるくらいの稼ぎがあると、結婚への執着心も薄れてきたように思う。その上、結婚しても別姓のままのカップルまで出てきた。だから、男性は「主」ではなくなった。故に私は「夫」と言うが、友人の夫のことは「ご主人」と言ってしまうので、自分の中で矛盾していると思う。他に適切に表現する言葉が見つからないせいもあろう。

　私の知人には、夫のことを「殿」と呼ばされている人がいる。時代錯誤も甚だしい。私だったら、とても堪えられない。

　それから、お中元やお歳暮を頂いた時に、夫の代筆で妻が返礼の挨拶状を書いたら、差出人に夫の名前の横に「内」と書くのも、抵抗がある。妻を「内」と表現すると、「家内」を連想してしまうからだろう。だから、私は「妻・自分の名前」と書くようにしている。

　話は大分外れたが、これを機に人様に声がけする時の呼称や、文書を作成する時の敬称に気を使うようになった。

　このような経験の積み重ねが私の糧となり、社会からの教訓が、私の人格形成に繋がった。

初めての慰安旅行

入社一年目の十二月に、初めて職場の慰安旅行に参加した。

静岡県の伊東へ一泊の予定で、バス一台を貸し切って出発した。幹事は、乗車券グループの厚底靴の人だった。

最初の海老名サービスエリアでトイレ休憩をし、用を済ませた人からバスに戻った。

すると仕事柄、いつもは幹事が人数確認をすることは常識のはずだが、この時は「両隣の方、いらっしゃいますよね」と言っただけで、人数確認を省いてしまった。皆も、「あいよ」と返事をして、バスは出発した。

バスは高速を一段と加速して走りだすや、観光案内などなくて、いきなり車内ではカラオケが始まった。カラオケが始まるや否や、添乗慣れしている男性陣が、我先にとばかり競って、酔った勢いで、次から次へと曲が流れてきた。

車内の雰囲気が佳境に入った頃、幹事が、「それでは、この辺で業務課長に一曲お願いします」と言った。

今回の慰安旅行は、支店長が不参加だったので、業務課長が一番の上司だった。幹事は場を盛り上げようと、「課長、一曲どうぞ」と再度促したが、返事がない。

すると後部座席のほうから、「課長、いないぞ!!」と返ってきた。皆、立ち上がって顔を見回したが、やはり課長の姿がない。海老名サービスエリアに残してきてしまったと、やっと気づいたが、高速を走っているバスでは引き返すわけにもいかない。

この時代は携帯電話なんかなかったので、本人と連絡の取りようもない。

――きっと課長は、冷たい部下達だなぁと思って、諦めて家に帰ったよと、こっちは勝手な憶測をして、そのままバスは伊東に向かって突っ走った。

これでバスの中の雰囲気が一変するのかと思いきや、全く予想外だった。

取り残された課長の心情を歌詞にして、再び、カラオケが始まった。

「ついてくるかあい、路線バスに乗って」と課長の心理状態をいじって、カラオケにして歌う。何という職場かと思いつつ、私も失笑してしまった。バスの中は笑いに満ちていた。

伊東に近づいてきた頃、幹事が宿に連絡すると、何と課長が電車に乗って、既に到着していることが分かった。

これは流石にまずいと思った幹事は、皆に、

「バスから降りる際は、神妙な顔つきで降りてください」と注文を付けた。

宿に到着したら、女将さんと男性が並んで出迎えてくれた。私はてっきり支配人とばかり思っていたら、何と課長だった！　自分を置き去りにした部下達を出迎えてくれるなんて、腰の低い上司だと思った。これでは存在感が薄く、部下に置き去りにされるのも納得できた。私ならロビーで、どんと構えて、幹事を叱責しただろうに……。

あとから聞こえてきたのだが、当然ながら、幹事は課長からお叱りを受けたようだ。その時の言いぐさが可笑しかった。

「俺はバスに向かって、大声で『待ってくれ!!』と三回も叫んだのだぞ!!」と言われたそうだ。叫んだと言われても、バスのエンジン音のほうが大きいから、課長の声なんか、簡単にかき消されてしまう。無駄な抵抗だったのではと思った。それよりも、サービスエリアで一人ぼっちになった時の心情は、いかばかりだったのかお察しする。

宴会が始まった頃には、課長の機嫌も治まっていた様子だった。

私は下戸なので、専ら次から次へと運ばれてくる料理に舌鼓を打った。

宴も酣（たけなわ）を迎え、そろそろお開きかなと思ったら、宴会場の照明が暗くなった。何が始まるのかと思いきや、大広間の舞台でストリップショーが始まった。私は唖然として後退りしてしまった。

反対に上司の男性達は、職場では見せない顔つきで、舞台に釘付けになっていた。男の本能が丸出しだ。そのギャップに驚き、衝撃を受けた。短大は女子ばかりだったし、成人した男性とお付き合いの経験がなかった私は、男性のイメージが一変したくらいだ。

職場に戻ったら、上司の顔をまともに見られるだろうかと不安になった。先輩としての顔よりも男としての顔が、先にちらつくのではないかと……。

翌日は観光地を巡ったのだが、昨夜のことのほうが印象に残って、何処を巡ったのか、全然頭に残っていない。

今でも参加者全員で撮った写真を見ると、鮮明に思い出す。その後、毎年ある慰安旅行に参加してきたが、後にも先にもこんなに印象に残ったのは、この時だけだった。

地声（その1）

私は、一般の人に比べて地声が大きいほうだった。

幼少の頃、うなぎの寝床のような長屋に住んでいたので、後方にいる人が前方にいる人に声掛けする時は、大声を出さなければいけなかった。そういう環境で育ったせいもあり、また耳が遠いせいもあるかもしれない。自分ではそれくらいの自覚しかなかったが、勤めて五年くらい経った或る日、先輩から地声のことを指摘された時は、ショックだった。

職場のランチタイムは、前半と後半の交代制だった。私が前半に行って、戻ってきた頃、仕事をしていた後半ランチの先輩が、私の声に気づき顔を上げたら、私がまだ外の通りを歩いていた、と言うではないか。店の前とはいえ、人通りがある中で、私の声だけ際立って聞こえたと言われて、流石の私もショックだった。

また、友人とかしこまった店でランチする時も、扉を開ける前に、

「横山（旧姓）さん、ここからは声のトーンを落としてね」と釘を刺された。これから美味し

い料理をいただける期待感がやや薄れるが、食事中は、注意されたことはスッカリ忘れて、料理に舌鼓を打ってしまう。友人の中には、私の声に配慮して、個室を用意してくださる方もいた。

世間には、綺麗な声で上品にお話しなさる方がいて羨ましく思うのだが、だからと言って、子供の時から染みついた地声を、今更直すなんて、私には無理だった。

コロナが流行し始めた頃、酒が入ると大きな声になるというので、飲食店は酒の提供を自粛するしかなかった。私みたいな、下戸なのに地声が大きい人はどう対処すれば良かったのだろうか？　マスク一枚だけでは、心許ない気がした。

現地視察研修

旅行会社では、現地視察研修があった。

新入社員は、近場の伊豆七島や日光方面が多かったが、転勤して三店舗目に、漸く京都・奈良方面の視察が回ってきた。

一日目は京都市内の旅館やホテルを巡る。観光は全くない。一、二軒目は印象に残るのだが、これが三軒目、四軒目と立て続けに見学し、その上一軒につき何部屋も見せられると、相当な数の部屋になる。一日目が終了した頃には、何処の宿がどんな様式だったか、頭が混乱してよく覚えていない。

当時は携帯電話なんかない時代だから、手軽に写真も撮れず、自分の頭だけが頼りだ。

二日目も同様で、場所が奈良に変わっただけだった。こんな感じで、一泊二日の研修旅行は終了した。私の頭には、旅館やホテルの担当者が、旅行代理店にアピールする絶好のチャンスとばかりに、非常に愛想が良かったことだけが印象に残った。

研修というだけあって、現地視察だけすれば良いというわけではない。報告書を作成し、上司に提出しなければいけない。上司が目を通して、修正を指示されることもある。また、朝礼時に、支店内の全社員を前に、研修報告を発表しなければいけなかった。

私は、一日目に宿泊したホテルの布団が羽根布団だったことを話した。学生時代、上京した折に、母が用意してくれた綿布団を愛用していた私は、羽根布団で寝るのは初めてだった。軽くてなんと暖かい。肌ざわりも良い。

「あと一点惜しかったのは、隣のベッドで寝ていたのは女性だったので、これが男性だったら申し分なかったのに」と報告したら、一同の大笑いを誘った。

退職の潮時

旅行会社という職場は、女性が上司で活躍していらっしゃる方が多くいらした土壌もあり、結婚を焦る雰囲気はなかった。

だが、当時はクリスマスケーキの売れ時を、結婚適齢期と比喩した時代だった。二十六歳になると売れ残りと言われた。今だったらセクハラに値するだろう。

田舎で暮らしていた両親は、三十代に突入したのに未だに独身の娘の身を案じて、そろそろUターンすることを考えたらどうかと言ってきた。私も入社して、十年の節目を迎え、仕事への情熱や魅力が失せた日々を送っていたので、この辺が潮時かなと思い、三十一歳の誕生日付で退職した。

退職日の朝礼時に、次の内容のことを話したと記憶している。

「私が高卒後、上京した頃は、白山という特急列車で、富山から東京へは七~八時間掛かりました。それが今や、上越新幹線と在来線を乗り継いで、四時間くらいで来ることができ、交通網の発達には目覚ましいものがあります。それに比べて、私はお嬢さんからおばさんに呼び名が変わり、改めて年月の経過を感じさせられました。(中略)組織の中で働く大変さを勉強させてもらいました。社員数は一万二千人くらいの大企業ですが、私が在籍した三店舗を通して、一緒に仕事に携わった方は、ほんの一握りの人数です。その方達とコミュニケーションを取りながら、お客様に満足していただけるような旅を提供する仕事に携われた時もあれば、私の未熟さから、旅行とかけ離れた仕事をした時もあり、この十年間、一口で旅行会社と言っても色々な職種を経験させていただきました。また、旅行という形が見えない物を売る商売が、お客様から信頼されて期待感を持っていただくためには、パンフレットを通して、売る側の裁量が重要であると認識しました。ともあれ、今日まで無事勤めることができましたのは、単に皆様のお陰と感謝しております。それでは、皆様のご健勝とご活躍をお祈りして、私の挨拶に代えさせていただきます」と締めくくった。

挨拶が終わると、寿退社じゃないことを知っていた、私の直属の上司である業務課長が、寄って来て、

「横山（旧姓）さん、退職することを考え直さないか」と言った。

こんな私でも引き留めてくれる人がいるのだと分かっただけでも、嬉しかった。しかし、私の決心は変わらなかった。

だが、この時点で、よもやUターンして二ヶ月後、富山県にある同旅行会社の支店に勤めることになろうとは、予想もしてなかったのだ。

一般的に退職を申し出た際は、私のようになるケースが普通だが、知人のYさんが転職しようと決断して、上司に退職の旨を伝えたら、

「俺も一緒に、Yさんの転職先に雇ってもらえないだろうか?」と言われたそうだ。世の中には、想定外の言葉が返ってくる場合もあるのだと知らされた一コマだった。

盗難体験

私は、約十三年間の東京暮らしで、泥棒に三度遭った。

うち一度は未遂に終わったが、この時だけ、当人と顔が合い、他の二度は泥棒と面識がない。

一度目は、まだ社会人になりたてで、給料は家賃と生活費で消えたので、小遣いがなかった分、仕送りをしてもらっていた時だった。

それだけにこの頃は、自宅通勤している人が羨ましかった。同額の給料を貰っても、地方出身者は、生活必需品以外を購入する余裕がなく、片や、自宅通勤している人は、自由気ままに使えているように見えた。

そんな或る日のこと、ATMから十万円を下ろしてきたばかりだった。

アパートに帰って、十万円をしまい、私は銭湯に出かけた。このアパートは、住宅街にあり、木造二階建てで、アパートの前には、大家のお婆さんが一人暮らしをしている別棟があった。

私の部屋は、二階の一番奥にある角部屋だったので、人通りからは全く見えなかった。部屋の真後ろは、学校のグラウンドになっていて、ブロック塀の上には金網が巡らせてあったが、それでも飛び越えて来たボールが落ちていたこともあった。

真横は、二階建ての一軒家で、人間が一人通れるくらいの隙間があった。しかも、アパートにはシャッターが付いていなくて、お隣さんがシャッターを下ろすと、監視の目が全くなくなり、泥棒にとって格好の穴場だった。

よもや、下ろしてきたばかりのお金を盗まれる羽目になろうとは知らず、銭湯でゆっくり体を洗い、すっきりした気持ちになって帰ってきた。

部屋に入ると、ガラス窓の鍵の辺りに、片手が通るくらいの穴が空いているではないか!!

咄嗟に「やられた⁉」と分かった。

湯上がりの汗と冷や汗が入り交じった雫が、額から流れ落ちた。

警察に連絡すると、現場検証に警察官が一人やって来た。

「こいつはなかなかのプロだなぁ。上手に片手だけ入れて解錠する。しかも隣の部屋にいた人が気づかない音でガラス窓を切る。且つ、足が付かないように現金しか手をつけない、熟練した奴だ」と言われ、被害届を提出したものの、結局、十万円は戻らなかった。

二度目も同じアパートで、銭湯へ行って帰ってきた時だった。

このアパートの鍵は、ドアノブの突起部分を押すだけで鍵が掛かってしまう、簡単な作りのものだった。銭湯から帰ってきて、アパートに入ろうとしたら、鍵を持って出かけてないことに、初めて気づいた。つまり、部屋に鍵を置いたままロックして出かけたのだ。

我ながら、抜けていたなぁと感じながら、大家さんへ行って合鍵を貰いに行ったが、生憎、留守だった。仕方なくアパート前で待つことにした。風呂上がりの体は、冷や汗でびっしょりだった。

そんな私の姿を見かねて、一人の男が声を掛けてきた。あとで分かったことだが、この男は、その時リフォーム中の大家さん宅で水道管の工事を担当している人だった。

私は身長が百五十五センチくらいだが、この男も同じく小柄で細身だった。

「どうしましたか?」と問われたので、事情を話すと、次の所作の素早いことに呆気にとられた。

トイレの上にある小窓を壊して、中に入り鍵を開けてくれたのだ。よくもまあ、こんな小窓に体が入るなんて、私が予想もできないことを、彼はやってくれた。仕事柄、狭い隙間に体を入れることは慣れているのだろうと思いつつ、彼に感謝しつつその日は床に就いた。

翌日の朝方、ふと物音で私は目が醒めた。体を起こすと、部屋とキッチンの仕切りであるガラス戸越しに人影が見えるじゃないか!!

私は思わず、「こら!!」と叫んだ。

するとガラス戸を開けて、男が侵入してきた。見れば、夕べ解錠してくれた男だと、すぐに気づいた。男のほうも私の声に驚いて、私の口に手を当てて塞ぐと、

「ちょっと喉が渇いたから」と言い訳して逃げていった。

暫く気が動転して、茫然としていた。

トイレの小窓が直っていないことを知っているのは、この男と大家さんくらいだ。

気分が落ち着いた頃を見計らって大家さんに話し、警察にも報告した。母は心配して、すぐ

に上京してくれた。

思い返せば、口を塞がれただけで済んで良かった。台所にある包丁を持っていたらと思うと、ぞーっとした。あの時、私の大声で、男もビビッたのだろう。

それでも私にとって、初めての体験だったので、暫くはショックだった。改めて、社会には信用できない人がいることを学んだ。

このアパートには、もう住めないと母は察し、千葉県に住んでいた甥っ子の家に、一時避難するようにお膳立てしてくれた。

その後、男を雇っていた業者と大家さんと私達で、協議の場を持ったことを記憶している。

それから暫くして、警察官が私の職場に訪れた。近くの喫茶店に場所を移すと、「あなたを襲った奴はこの中にいるか」と言って、写真を見せられた。

何枚か見せられた写真の中に、男の顔写真があった!!

「あっ、この人です」と言うと、二人の警察官は顔を見合わせて、「分かりました」とだけ言って去っていった。

警察官が持参した写真の中に男の顔写真があるということは、過去にも罪を犯し捕まったということだ。改めて常習犯と分かると、身震いがした。

その後はどうなったかは分からないまま、時間だけが過ぎていった。

私は、新しいアパートを従兄弟の家と同じ市内に見つけ、引っ越しをした。

そのアパートは、二階建ての新築で風呂付き、シャッターもあり、通りからもよく見える部屋を選んだ。今度こそは大丈夫だろうと思っていたら、三度目の泥棒に遭ってしまった。

今回は、お金ではなく下着泥棒だった。

私は、洗濯物は部屋干しを好まなかったので、外に干していた。盗まれた物は、下着の中でも、最近使用し始めたパンティばかりだった。警察署へ被害届を提出しに行った私は、

「そんなに女性のパンティが欲しいのなら、盗まなくても売っているのを買えばいいと思いません？」

と警察官に言ったら、

「あのね、こういう類いの人は、新しいパンティでは満足しないのだよ。むしろ黄ばんだくらいのほうが好きなのだよ」

と諭され、唖然とした。

「それなら、引き出しに古いのがいっぱいあったのに。そっちのほうを持っていって欲しかったわ」

と答えた。

それから暫くして、ニュースで下着泥棒が捕まったことを知った。だが、私のパンティを盗んだ人かは分からない。捕まった人は、世間的にはエリートだった。改めて人は見かけによらないと思った。

結婚して

お見合い話

私は、Uターンした翌年に、三十二歳で夫と見合い結婚した。

一回目のお見合いをしたのは、二十二歳の時だったから、かれこれ十年掛かった計算になる。数だけ言えば、一年に五人の人とお見合いしても五十人以上になるが、実のところ、もっと多かったと思う。

何故こんなに数多くなったかと言えば、当時は、親戚、知人で何かとお節介を焼いてくれる人がいたからだ。前章にも書いたが、私の時代の結婚適齢期は、クリスマスケーキにたとえられた。二十四歳までは売れ時、二十五歳でも何とか売れるが、二十六歳は売れ残りと表現された。だから二十歳代までは、お見合いの話が来たが、三十歳を越えるとメッキリ減る。世間は、もう結婚対象と見なしてくれないからだろう。

お見合いの数が多くなったわけは、もう一つある。それは、来た話は拒否しない考えだったからである。日々の生活は、職場とアパートの行き来だけだったので、社内以外に異性と付き合う機会がなかった私は、世の中の異性は、どんな考えを持ち、どんな生活を送っているのかを知りたかったし、あとになって、あの時の話をスルーしなきゃ良かったなんて、後悔したくなかったからである。

それにお見合いというのは、事前に釣書と写真だけを交換するので、私が重視しているフィーリングは、会ってみないことには分からないのだ。

その結果、数が多くなった。だが、数をこなせば良いというわけでもない。いろんな異性と話す機会が増える反面、異性への目が肥えてくる。お会いして、こっちが交際したいなぁと思った人からは断わられるし、逆にこの人とはもうこれでと思った人からは、交際を求められる。いい塩梅とはなかなかいかないものだ。

数多くこなしたお見合いの中には、今でも印象に残っているケースが幾つかあった。そのうちの一件は、最初にしたお見合いだ。

当時のお見合いは、仲立ちをしてくれた人を交えて、両家が顔合わせし懇談して、その後二人になって、ドライブか映画を見て、喫茶店でお茶して別れる……というのが定番だった。

ホテルの一室で、お相手側は、本人と髪をアップにした着物姿のお母様と上司が、私のほうは、母と伯母が洋服で出席した。

言葉を交わす前に、まず目に入るのは、外見の印象だ。お母様と同様、髪一本も乱れたところがなく、背広姿でビシッと決めている。一点も隙がない、まるでホテルのフロントマンのようだ。

懇談が始まると、育った環境の違いを感じる。どうも話が噛み合わない。お相手は、品格があるように静かに粛々とお話しなさるのだが、当方は大声で笑ったりして、ざわざわ感満載だった。

その後、二人だけで横浜方面の観光地をドライブしたのだが、話が盛り上がらず、時間だけが過ぎていった感じだった。この見合いはこれで終わった。

私は、このような仰々しいお見合い形式は、一回で懲りた。

次回からは、当初から当人同士だけで、気軽にお会いする形にして欲しいと、仲立ちしてくれる人にお願いした。

というのも、この時代、デートに掛かる費用は、男性が持つのが当たり前だった。今でもこの慣習は残っているのかもしれないが、私の性格上、気兼ねしてしまう。割り勘にする発想はない時代だった。

もう一件、印象に残っているケースがある。

それは、立て続けに三日間、三人とお見合いしたことだ。この頃、私は、既に富山にUターンしていた。千葉市に住んでいる従姉妹が、私のことを気に掛けてくれて、富山から上京する交通費を考えて、一度に三人の男性と会ってみてはどうかと声を掛けてきてくれた。その提案に乗った。

三日間共、皇居の近くにある老舗のホテルに、同時間に、同じ格好をして私は行った。きっとドアマンに不思議に思われたかもしれない。

三人の男性と日替わりに会うには、予習が必要だった。私の手元には、三人分の釣書と写真がある。

一日目はどの人で、二日目はどの人、三日目はどの人かと、事前に名前と釣書の内容を頭に入れておかないといけない。間違えようものなら先方に失礼だと思い、会う直前まで確認した。

ホテルでは、従姉妹も交えて、お茶とケーキをいただきながら談笑した。その後、二人だけになるのが定番だ。三回も同じことをしていると、お見合いをしているというよりも面接しているような気分になる。

例えば、趣味は何かとか、仕事の内容はとか、同じ質問を聞かれ、同じ答えをするからだろう。単なる世間話をして終わった。

特に話が弾んだ人もいなければ、インパクトがあった人もいなかった。

世間には、一回目で「ビビッ」とくる人がいるが、私にはそういう人は現れなかった。

結局、五十人以上の最後にお見合いをした人が、夫になった。

夫との出会い

夫との見合い話は、教員をしていた父の教え子が持ってきてくれた話だった。

お父さんを早くに亡くし、お母さん一人で育てた三人の男の子の長男だった。

境遇が随分違ったが、一点共通点があった。それは、お互いUターン組だったことだ。

初対面の第一印象は悪くなかったが、ドライブの途中で、「ちょっと待っていて」と言うので、車の中で待機していたら、何とクリーニング屋に寄ってきたのだ。初デートで行く場所かいなぁと不審に思ったが、交際することになった。

私は、富山の田舎にUターンして半年が過ぎ、三十の大台も越えていたので、この辺りが年貢の納め時と思い、半年くらいのお付き合いで結婚を決めた。

結婚する前に結納の儀式があった。

結納品の中から紅白の饅頭を、当時勤めていた職場へ持っていった時の支店長の驚いた顔を、今でも鮮明に覚えている。

「え‼　あなた、結婚するの⁉」

「ハイ、もらってくれる人がいたのです」

支店長は、私が独身でいくものとばかり思っていたので、想定外だったのだろう。

他の社員も同様に驚いていた。

結婚式

両家で結納が済むと、次は結婚式について決める話題になった。式場を決めるにも、早々、意見が食い違った。

先方は、何事もお義母さんが主導権を持ち、本人よりもお義母さんの意見がまかり通る。地元の割烹料亭が良いと言ってきたが、私は、ホテルでしたいと主張した。お互いに主張を譲らず、平行線のまま時間だけが過ぎていった。

誰が言いだしたかは忘れたが、間を取って、神社ではどうかという案に妥協し落ち着いた。

費用は、私側の招待客が多くなったので、各自負担することになった。貸衣装は夫が借りた所には、私が気に入ったドレスがなかったので、夫とは別の所でオーダーした。

色々なことを決めていく中で、納得がいかないこともあった。例えば、私のウエディングドレスの裾を持つ子供に、丁度、兄の子供達が二人いたので、それで充分じゃないかと思っていたが、先方もわざわざ遠縁の子を持ち出してきた。

何故四人も必要なのかと言いたかったのだが、嫁に行くほうは立場が不利で、先方が主導権を握る。この程度のことで揉めたくなかったので仕方ないかと思ったが、結婚式当日は、予想通りちぐはぐだった。

先方の子供達は袴姿と着物、こっちはタキシードとドレス姿で、どっちがマッチしているか、一目瞭然だった。

最後の両家のスピーチだって、先方はお義父さんが亡くなっているのだから、私の父でもいいじゃないかと思っていたら、伯父さんを立ててきてスピーチをなさった。だが、農業を生業にしている人だから、挨拶が不慣れなことを予想できる内容だった。

結納時と言い、結婚式と言い、先方は代役を立てて、世間体を気にして格好をつけようとする。そこまでしなくてもと私は内心思った。

結婚式で一番沸いたのは、司会者が打ち合わせになかったことを、私に質問してきた時だった。

「今のご感想は？」と聞かれたので、

「この歳まで待った甲斐がありました」と答えると、会場の皆は一斉に笑った。

親戚の中には、三十年以上も経った今でも、私のその言葉を覚えている人がいる。それ程印象深く、皆の頭に残ったのだろう。

結婚式は無事終了したが、そこに至るまで、色々な決め事する経過の中で、育った環境が違う者同士が一緒になることは、大変なことだと痛感した。

結婚式は一日で終了するが、その後に続く結婚生活に一抹の不安を覚えた。

私の親戚

結婚式で、私の親戚代表で挨拶をしてくださった人がいた。

その方は芸術家で、若い頃に賞を取って、箱根の美術館に作品が飾られた時もあった。今は、私の実家がある街のアトリエで作品を作って、毎年、日展に出品されている。

だが、この方は、一般常識からかけ離れた考えの持ち主であった。

例えば、父の法事時にご仏前を頂いた。作品が商売になかなか結びつかなかったせいか、質素な生活を送っていらしたので、結婚式のお祝い金も一番低額だった。だからご仏前も期待していなかったのだが、やけに分厚い。中を開けてみたら、五千円札一枚と日展の入場券が十枚入っていた。

常識的に考えたら、別々に出すものだろうが、日展の入場券をご仏前の封筒に入れてくるなんて、その発想に唖然とした。

また、お経の最中には腰痛があるからと、風呂で使う椅子を風呂敷で包んで持参し、腰掛けていた。列席者の中で、一人だけ目立っていた。

この方にまつわる話は多々あるが、一例を紹介する。親が決めた相手と結婚したくないと言って、結婚式前日に病院へ逃げ込んだが、説得されて渋々結婚し、その奥さんとの間に三人の男の子に恵まれた。

姓が『横山』だったので、一人目が生まれた時に『大観』と名付けたいと言いだしたが、周囲は畏れ多いと言って反対した。諦めて『静観』にした。

二人目も男の子が生まれた。今度こそは自我を通して、遂に『大観』と名付けた。

『横山大観』と名付けられた次男は、成長したらどう思うだろうかと危惧した。

その予想は的中した。次男は芸術家になったが、東京の練馬にある二階建ての一軒家を、廃材をかき集めて積み重ね、五階建てくらいにしてしまった。近隣住民から、地震が起きたら危険だと言われ、練馬区役所から撤去を命じられた。

だが、彼は応じなかった。

「これは、住宅ではなく芸術作品だ‼」と言って、譲らなかったのだ。

聞くところによれば、今でも区役所の張り紙が、門扉に張られたままだという。

やはり名前負けしている感がある。

三人目もまたまた男の子が生まれたが、今度は『岡倉天心』から取って、『天心』と名付けた。周囲は、もうご勝手にどうぞという心境になっていた。

こんなユニークな方だが、彼がやって来ると場が和む。私とも気が合い、話が弾み、彼の過去の話を持ち出すと、決まって「桂子さんは、生き字引だね」と言われる。

だから、結婚式の挨拶を頼んで良かったと今でも思っている。

新婚生活

ハネムーンから帰国後、夫との新婚生活がスタートした。

新婚と言っても二人だけではなく、義母と独身の三男と計四人の同居生活だった。

富山では、長男の嫁は親と同居するのが当然という古い風習が、未だに残っていた。母も長男の父と結婚したばかりに、舅、姑、小姑に仕えさせられ苦労した。その経験から、私を次男に嫁がせたかったが、縁がなかった。

その母としては、舅、姑に仕えた経験のないお義母さんへの配慮として、同居生活をスタートするにあたって、私とお義母さんを前に一言アドバイスをしてくれた。

「『一つ屋根の別居生活』の精神で、二人と接していただきたい」と言ったが、お義母さんは、この真意をくみ取れなかった。それが後々の同居生活で分かってきた。

私は、幼少の時から祖母と母が口喧嘩するところをよく見て育ったから、嫁姑関係は上手くいかなくて当然だと思っていた。夫とは、交際期間を経て結婚に至ったが、それでもお付き合い中で分からなかった面を、結婚して初めて知ることもある。ましてや義母とは、育った環境も違えば、価値観も違う。

そんな相手と一つ屋根の下で暮らすわけだから、私は、良い嫁を演じようとは思わなかった。

交際期間と違って、結婚生活は長い。スタートから無理して、良い嫁を演じたら、こっちの身が持たないと思って、今までと変わらない自分を通した。

当初、義母は嫁を迎えたことが嬉しかったのか、或る日、サンダルをプレゼントしてくれた。気持ちは嬉しかったが、サンダルの色が、私が最も嫌いなショッキングピンクだった。義母の頭には、男はブルー、女はピンクという固定観念があったのかもしれないが、私の好みはブルーだった。

私の小学生時のランドセルの色は、男の子は黒色で女の子は赤色と決まっていた時代だったが、今やカラフルな品が揃っており、どれにしようか迷うくらいである。ランドセルも進化して、今の子は恵まれていると思う。

さて、折角義母から頂いたサンダルだが、履かないわけにもいかないし、かといって、履きたい気持ちにもならない。義母は、自分が購入してきた物を子供達は素直に反発もせず着用するものだと思って生きてきたのだろう。

だが、私は違う。身につける物には拘りがある。

どうしても履く気がしなかったので、実家へ持っていった。すると母が、「庭先で履くから」と言ってくれたので、そのまま実家に置いてきた。

それから数日後のことだった。義母が、「家の近くまで来たので」と言いつつ、突然実家にやって来て、玄関扉を開けた。

義母は、人の家を訪問する際、前もって電話する習慣が身についていない人だった。

慌てた母は、サンダルを隠す間もなかったので、否応なしに義母の目に入ってしまった。

これ以降、義母は私にプレゼントすることはなくなった。内心私もホッとした。この件は、義母にとって勉強になったと思う。自分が良いと思っても、相手が必ず喜ぶとは限らないと知ったのだから……。

もし、サンダルをプレゼントしてくれるのなら、私を一緒に靴屋へ連れていって、「この中から好きなのを選んで」と言ってくれたらと思うのだが、そこまでの気配りを義母に求めるのは無理だった。

こんなこともあった。或る日、義母が自分の友人が来るからと、私に「トイレの掃除しておいて」と言った。私はお手伝いではない。友人が来るのなら、義母が自分ですればいいじゃないかと思ったので、義母の言う通りには動かなかった。

そういう自分の思い通りにいかないことに、義母は不満を募らせていった。

こうして二人の関係に少しずつ亀裂が入り、同居して二年目に入ると、もはや歯車が噛み合わなくなって、険悪なムードになる日が多くなった。

遂に、義母は強硬手段に打って出た。或る日の日曜日、

「今晩七時から、話がある」

と義母が言う。会社の会議じゃあるまいし、話があるのなら、今、話をすればいいじゃないか、何で時間を決める必要があるのか、合点がいかなかった。

そして、七時を迎えた。私と夫は二階の部屋にいたが、一階から、

「ちょっと、来て‼」

と義母の呼ぶ声がしたので、最初、私だけ下りていった。

驚いたことに、和室に仲人さんをはじめ、私の両親、義母の実家関係者が勢揃いしているではないか。私は、一瞬、「何これ⁉」と動転して、状況を飲め込めなかった。義母がお膳立てしたこと、そのために「七時から」と言った意味が、漸く分かった。

義母が母に向かって、

「息子を呼んで来てください」

と言った。母は、何故私が呼びに行かなきゃいけないのかしら……と疑問を感じつつ、仕方なく夫を呼びに二階へ上がった。

しかし、夫は怒り心頭で、なかなか下りてこようとはしなかった。その間、皆は寡黙で、異様な雰囲気が漂っていた。

漸く、夫が下りてきたと思ったら、義母が口火を切って私の悪口を言い始めた。途中で聞くに堪えられなくなった父が口を挟んだが、母がそれを止めて、

「今日は、お義母さんの言い分を聞いて、帰りましょう‼」

となだめた。義母は、私に対しての鬱憤を皆に聞いてもらい、私がなってないことを言いたかったのだろう。

結局、義母の一方的な発言だけで、誰も何も言わず、その場はお開きになった。

後日、母から聞いた話によると、これから夕食をしようとしたらピンポンが鳴り、出てみたら、仲人さんが立っていらっしゃって、運転しない両親を迎えに来られたとのことだった。

義母は、何故、仲人さんまで巻き添えにして、こんなことをしたのだろう。こんな手段を取っても、火に油を注ぐだけだ。

義母の礼儀をわきまえない勝手な振る舞いに周囲が翻弄された感で、私達の関係は修復するどころか、反対に一層険悪になっていった。

遂に、義母は私達との同居生活に耐えられなくなって、

「あなた達、出て行ってくれ!!」

と引導を渡された。私は内心、その言葉を待っていましたとばかりに安堵した。

勤務地に近い新居になるアパートへ、大晦日に引っ越しをした。

同居生活は、二年で終止符を打った。

昔の嫁姑関係は、スープが冷めない距離がいいと表現されたものだが、今は反対に、スープが冷めて、冷凍になるくらいの距離がいいらしい。その結果、核家族が増えたわけだ。

子供が生まれて

出産

同居生活から解放されて、二人だけの生活がスタートした。

結婚して三年目に突入していたが、子供に恵まれなかった。晩婚だったので、周囲は、私の年齢を心配して、色々とアドバイスしてくれた。

富山市内のＩ産婦人科は、不妊治療を得意としているという情報を得て、実家から車で一時間半くらい掛かったが受診することにした。

まず、最初に、

「基礎体温を測ってきてください」

と言われたので、二ヶ月分程の測定結果を、次の受診日に持参した。

すると、ドクターが、

「あなたの排卵日はこの辺りですから、この辺りで○○をしてみてください」

言われた通りの日に実行してみたら、本当に的中して子供ができた。すぐには実感が湧かなかったが、母子手帳を頂いて初めて実感した。当時では珍しく、三十六歳の高齢出産になった。

つわりは酷くはなかったが、出産するまで二回、逆子になった。胎内にいる時から逆転が上手な子だから、将来は体操の選手にしたらいいのかしらと思った。

そして出産当日を迎えた。前日に入院して、日付が変わった未明頃から、陣痛が始まった。陣痛の間隔が短くなってきたので、一般病棟から控え室に移動した。その控え室には、もう一人出産予定の人がいた。

時間の経過と共に、息づかいが荒くなり、痛みも増してきた。練習していた「ヒーヒーフー」を繰り返してみるが、この痛みは尋常じゃない。今までに経験したことがない程だ。普段から地声が大きいほうだが、この時は一段とボリュームが増した声になった。

そんな私に比べて、お隣さんは全然声を発しない。不思議だなぁと思っていたら、どうやら赤ちゃんが下りてこないらしい。結局、帝王切開となり、一足先に分娩室へ移っていった。

私の傍らには、夫と母が駆けつけてくれたが、陣痛が極限に達し、遂に、「死にたい!!」とまで発した。私の赤ん坊もなかなか下りてこなかったが、ドクターは、自然分娩でいくとの判断だった。

陣痛が始まって十五時間が過ぎた頃に、やっと分娩室へ移った。この時代は、夫は出産時に立ち会えなかった。分娩室に入室したら、すぐ赤ん坊が出てくるものだと思っていたら、何と看護師から一時間以上、

「力んで!!」

と言われ続け、孤軍奮闘した。

それでも赤ん坊は出てこないので、ドクターは最終手段として吸盤を使って、赤ん坊の頭を引っ張ると言う。

吸盤と言われて一番に思い浮かんだのは、トイレのフン詰まりに使う道具だ。これから世に出ようとする赤ん坊が、フン詰まり時に使う道具と一緒なんて、不憫な子だと思った。

吸盤を使って出てきた赤ん坊は女の子で、頭の形が冬瓜（とうがん）のように長かった。その上、顔は義母に似ていた。

一瞬、この子の将来を案じたが、ドクターから、

「頭の形は、二～三日で戻ってくるから、大丈夫だよ」

と言われ、安堵した。

陣痛が十六時間に及ぶ難産だったので、改めて高齢出産の大変さを、身をもって感じた。

だが、高齢出産の大変さは、これで終わりではなかった。

一般病棟に私が戻ると、夫と母が入室してきた。既に赤ん坊と面会済みだった。

私は、夫から、「よく頑張ったね」くらいのねぎらいの言葉をかけてもらえると思っていたら、

「陣痛時のお前の声が、二階の病棟に響き渡って、俺、恥ずかしかった」

と言う。予想外の言葉に、夫にも是非、陣痛の痛みを体験してもらいたいと心底思った。あ

の痛みを体験した者から言えば、体裁なんてどうでもいい。生死を彷徨うくらいの痛さだったのだ。

それでも無事、七日間で母子共に退院できた。

退院後は、実家にお世話になった。兄の子は他県に在住のため、両親にとって、私の赤ん坊が初孫同然だったので、かいがいしく世話をしてくれた。だが、実家に滞在中、出産後の後遺症が現れた。

まず、退院後十日間経っても便通がない。近くの病院の肛門科へ行った。産婦人科では、下半身を出し、肛門科ではお尻を出す。もう恥じらいという感情が私の中にはなくなって、まな板の鯉だった。

レントゲンに写った、フン詰まり状態の腸の画像を見せられた。

「多分、出産時に力みすぎた影響でしょう」

とドクターは言い、人為的に排出するとのこと。

また、吸盤の出番か！　と思ったが、違った器具で良かった。

これでお腹のほうはスッキリ治まったが、暫くして、今度は微熱が続くようになった。

産婦人科に連絡すると、赤ん坊と共に再入院することになった。

この産婦人科医では、見舞客がよく見られるように、新生児から前列に配置していた。うちの赤ん坊は、再入院のため、当然一番奥にいた。

そんな様子を見ていた母に、一人のお爺さんが声を掛けてきた。

「うちの赤ん坊は、前列にいるこの子だが、お宅の子は？」

「うちの子は、一番奥にいるあの子です」

「一番奥なんて可哀想だ。看護師さんに、前列に出してもらえるように言ってあげます」

母は慌てて、

「いいです、いいです」

と答えたそうだ。再入院して一週間、やっと熱が治まってきたので退院できた。

普通の人は一ヶ月で床上げをするが、高齢出産の私は倍も掛かった。改めて出産は、若い時のほうが良いと思ったが、今では晩婚化が進み、四十歳過ぎの出産も珍しくない時代に突入した。一人の女性が生涯に子供を産む出生率は、1.2までに落ち込み、少子化が進む一方だ。

難産で生まれた娘は、三十歳になった。そんな或る日のこと、娘が言った。

「私の人生計画では、三十歳までに第一子を産む予定だった」

それを聞いて、今のところ彼氏さえいないのだから、実現しそうに思えなかった私は、

「その人生計画は、到底叶いそうにないわね。でも、卵子は若い時のほうが、元気があって良いと思う。今のうちに卵子を取り出して、凍結しておけばいいじゃないかしら」

娘は真剣に、

「そんな方法があるのかしら？」

と気にしている様子。

「その辺の医療の技術は進歩していると思うから、産婦人科に聞いてみれば」

と根拠もないことを言ってしまった。当時はいい加減な母親だと思ったが、それが今や、体外受精も不自然ではなくなった時代に突入した。ズバリ、私の予想は当たっていたのだ。

そう言えば、同じようなことを言った記憶が以前にもあった。

銀行の利子が年々低くなる中、その見返りに景品で補おうとした頃だった。

銀行は、ジッパー付きのナイロン袋を渡してくれたので、男性行員に尋ねた。

「これはどんな時に使うのかしら？」

「奥様、これは作り置きのお料理を入れて、冷凍庫に保存する時に使います」

私は、料理は不得意だったので、

「これは要りません。これからの日本の将来を考えると、少子化が避けて通れない問題だから、むしろ、あなたの精子が役立つ時が来るかもしれないから、精子保存にお使いになれば」

と言うと、男性行員は高笑いをした。

私なりに日本の将来を案じて、つい、口を滑らせてしまった。政府は、少子化担当大臣まで設置し、出産費用や不妊治療に補助金を出すようになったが、抜本的な改革には至っていない。諸外国を見ても、中国は一人っ子政策を長年やっていたツケが今になって現れ、三人まで子供を持つことを許可した。この問題の解決の糸口を探ることは難題である。容易に解決策は見つからないだろう。

ガールスカウトでの体験

話は遡るが、難産だった娘は大病することもなく、順調に成長した。

小学生になるとガールスカウトに入団し、保護者の私もリーダーのなり手がいないというので、副リーダーとして携わることになった。

ガールスカウトは、主に募金活動、高齢者施設慰問、キャンプがメインだった。

中でもキャンプファイヤーで、女神の役が回ってきた時は閉口した。燃えさかる炎の前で、白い布をまとい、頭には花冠を乗せ、幻想的な雰囲気の中で自然に感謝しながら、宗教じみた言葉を言う。このようなことは、私は苦手だったが、人前で話をすることは嫌ではなかった。

例えば、応急処置の講習をすることになったので、事前に予備知識を頭に入れて臨んだ。

一例目は、目にゴミが入った時の応急処置。

「すぐに手で擦らずに、自然と涙が出てくるまで、じっと目をつぶっていることが大事ですが、この時間が長く感じられる人は、平井堅の『瞳をとじて』の歌詞を歌ったほうが短く感じられます。すると目に入ったゴミが、涙と一緒に出てきます」と案内した。

次は、火傷をした時。

「郷ひろみの歌詞*のように『アーチチ、アーチ』のような声を出したくなります。これは皮膚が燃えているのですよ。すぐに流水を五分以上当てて冷やします」と説明した。

一番詳細に話したのは、熱中症にかかった場合のこと。

「野外で熱中症になった時は、まず、木陰のような涼しい場所に運んであげてください。そして体を締め付けている物を外します。例えば、ベルトとか、ブラジャーやスカートのフックを外して、体をリラックスした状態にしてあげてください」とそう説明したところで、一人の女の子が質問した。

「男の人がネクタイをしていたら、外してあげるのですか？」

「はい、そうです。でもその男の人が、あの世に行って欲しい人だったら、反対にネクタイをきつく縛ります。縛られた男の人はあの世に行きますが、縛った人は刑務所に行きます」と案内した。

子供達は真剣な顔をして聞いていたが、後方にいたリーダー達は、対照的に笑っていた。私は人前で話をする時は、聞いている側が眠くならないように心がけた。

新年会の余興を考案してくれと頼まれたことがあった。新年会には、教育長をはじめ、市長夫人などそうそうたるメンバーが、来賓として招かれた。

当時、『ゴリエちゃん』の曲が流行っていたので、

「『ゴリエちゃん』の曲に合わせてダンスを披露し、最後にイナバウアーの姿勢で、各自の似

顔絵を出すのはどうかしら？」

と提案したら、即、決まりとなった。

ロン毛のカツラを被り、娘から借りたチェック柄のスカートを穿いた。自分から発案したとは言え、よもや四十代になって、ミニスカートを穿いて、足を持ち上げてダンスする羽目になろうとは、思ってもいなかった。私は、来賓者に、

「新年早々、夫にも見せたことがない太ももを見られて、今年はラッキーな年になりますね」

と言ったら、爆笑が返ってきた。

内助の功

再び、『ゴリエちゃん』の続きである。『ゴリエちゃん』のダンスが大ウケしたので、別の機会に披露したことがあった。

それは、夫の会社の花見会が、公園であった時だった。普段から「内助の功が足りない」と言われていたので、この時がチャンスだと思った。

自宅から公園まで、徒歩で十五分くらい掛かるところを、恥ずかしかったがチェック柄のミニスカートで行った。ところが以外と、すれ違う人から異様な目で見られたり、振り返られたりすることもなかったので、我ながらいけるかもと思った。

公園に着くと、社員達がブルーシートの上で円陣を組んで、酒盛りをしていた。夫は社長の隣に座っていたので、割り込んで、私は社長に挨拶をした。

「初めまして、私は八十島の妻ですが、普段から内助の功が足りないと申しますので、今日は一曲披露したいと思います」と言って、夫にラジカセを渡した。

『ゴリエちゃん』のダンスを披露したら、大ウケして「アンコール!! アンコール!!」と声が飛ぶ。私もつい調子に乗って、一曲目よりも足を高く上げたら、途中でカツラが飛んでしまった。

カツラがないまま最後まで踊り切った。社長や数人の社員が、携帯で私のダンス姿の写真を撮っていた。一体、その写真をいつ使うのかしら？ と疑問に思ったのだが。

とりあえず、皆さんに喜んでいただけたので、その場を去った。

その後暫くは、酒の肴に私が話題にあがることが多かったらしい。

これで充分、内助の功を果たしたと思った。

ＰＴＡ副会長

娘が小学六年生になった時に、私はＰＴＡ副会長を引き受けた。こういう役回りは、大方社会に出て働いていない人、つまり主婦業の人に回ってくる率が高い。

主婦業も時間給で計算すると、なんぼのものかと言いたいところだが、世間はそんなふうに見てくれない。周囲の視線に抵抗できず、仕方なく引き受けた。

副会長の役割は、主に学校行事の手伝いが多かった。その中でも印象に残っているのは、先生方と役員の新年会だった。飲んで食べて、余興はビンゴゲームをするのが定番だったらしいが、場所が結婚式場だったので、ビンゴだけでは勿体ないと思った私は、寸劇を披露することを提案した。

寸劇の内容は、『タイタニック』の映画のワンシーン。船首で女性が両手を広げ、男性が支えている、あの有名な場面を再現しようと考えた。ハッキリと覚えていないが、こんな台詞にしたと思う。

女性「あーもうイヤイヤ、この世の男性は、私の宝石と財力に目がくらんで寄ってくる男ばかりだわ。私のことを心から愛してくれる人なんかいないわ!!」

と叫んで、船首から飛び降りようとする。そこへ男性が現れる。

男性「ちょっとお待ちください、お嬢様。身を投げるなんて嘆かわしい。私は富山の『ディカプリオ』でございます。僕がお嬢様のお悩みをお聞きしてお助けしましょう。少しでもお役に立ちたいのです」

女性「何とお優しい方。私がまさに求めていた人だわ」

と言って、二人はハグしダンスして、終了する。

登場人物は二人しかいないが、私は二人共、男性に演じていただこうと考えていた。

男性役はＰＴＡ会長が長身だったので、すぐに決まったのだが、女性役は太めの男性が良いと考えていたので、目をつけていた人にお願いしたら随分抵抗されたが、たまたま夫の部下だったので、渋々承諾してもらった。

寸劇の練習を三回程やって、本番に備えた。私が衣装や化粧品、ジュエリーなどの小道具、そして欠かせない『タイタニック』のテーマソングを準備した。この曲は、結婚式場の雰囲気にピッタリだった。会場の照明を暗くして、『タイタニック』の曲を流し、二人が登場するようにセッティングした。照明を浴びた二人が登場しただけで、笑いが起きた。

私には、本当に結婚するカップルのように見えた。

——よし、これならいける——と思った。

女性役の人は緊張していたのか、台詞をちょっと間違えたが、ダンスのほうで私も加わって何とかカバーした。いつもは文化祭で悩む先生方も、今日は見るほうだったので気楽だったのだろう。大いにウケた。

あとで聞いたところでは、女性役の人は酒好きな人だったが、寸劇の前に一滴も口にしなかったので、同テーブル席の人は変だなぁと思っていたそうだ。それだけ彼にプレッシャーを掛けたとしたら申し訳なかったが、先生方の反応を見たら、やって良かったと思った。

他にビンゴゲームの景品を工夫した中から、目玉商品を取り上げて説明を加えた。

例えば、いつもスカート姿のある先生に向かって、「おみ足にお似合いになりそうなストッキングをご用意致しましたので、是非ゲットしていただきたいです」とか、「お風呂の中で、充分読書が堪能できますよう、濡れても大丈夫な本をご用意致しました。因みに『シェイクスピア』の長編作です。のぼせないようにお気をつけあそばせ。また、お忙しい先生方の中には、時には外食したい日もあろうかと思いますので、和食料理店の食事券、五千円チケットもございます」などと案内したら、先生方の反応が凄い。

私が数字を読み上げる度に、息遣いが聞こえてくるくらいだ。その様子を目の当たりに見て、景品選びに頭を捻った甲斐があったと思った。

寸劇をした新年会は、この時だけだったみたいなので、印象に残る新年会になった。

親睦会

卒業式を間近に控えた或る日、六年間お世話になった先生方と子供達、保護者が参加して親睦会が開かれた。飲み物とお菓子をつまみながら、六年間の思い出話に話が弾んだ。

宴酣（たけなわ）になった頃に、私が万歳三唱をするよう、事前に言われていた。司会者が私を指名したので、教室の一番前に移動した。横には先生方がずらっと並んでいらした。

私は次のような挨拶をした。

「先程から、先生方と楽しい一時を過ごさせていただき、慣れ親しんだ学び舎での思い出が、走馬燈のように浮かんだ方もいらっしゃるのではないかと思います。改めて、我が子の成長を目の当たりにして、先生方にご尽力いただき感謝申し上げます。それでは、万歳三唱をご唱和ください。その前に一点ご注意しますが、万歳の時に両手を頭の位置ぐらいまでしかお上げにならない方は、お子さんが私のような中途半端な人生を送ることになりかねませんので、万歳をする時は、堂々と両手を上げてください。それでは、お子様の成長と◯◯小学校の繁栄をお祈りして、『万歳！』」

と私は、大きな声で言ったのだが、誰も手を上げない。

皆さんは、私の説明に呆気に取られたらしい。間髪を入れず、私は、

「こんなこと、リハーサルが必要ですか？」

と問うと、笑いが起きた。仕切り直して、再度やったら上手くいった。

大勢の人間が同じ動作をするにも、こんなにも大変なのだと実感した。教員を職業としている先生方の苦労が少し垣間見られた一幕だった。

卒業式

卒業式の三日前に、学年の司会者から、「卒業式が始まる前に、六年生の担任の先生から保

護者に挨拶がありますから、その挨拶が始まるまでの場繋ぎに、話をしてほしい」と、依頼があった。

承諾した私は、当日、保護者の前に立って次のような話をした。

「まず、人生には、節目となる式が付きものです。主に、入学式、今日のような卒業式、成人式、結婚式、そして最後は、葬式でございます。このうち、入学式から成人式までは、ほとんどの方が一緒に迎えますが、あとの結婚式と葬式は、人によって大きく変わってきます。そして式に付きものなのが涙です。涙には、嬉し涙、悲し涙、悔し涙等々、色々ございますが、皆様は今日の式典にご参列なさって、どんな涙を流されるのでしょうか。今、テレビで『1リットルの涙』というタイトルのドラマが放送されていますが、一リットル分の涙を流すのは、大変なことでございます。私は流しても、せいぜい〇・〇一ミリリットルくらいでしょうか。本来ならば、私に知があれば、萩原朔太郎や谷川俊太郎の詩を、門出の印に朗読するところですが、残念ながら持ち合わせていないので、代わりに涙に纏わる歌を披露したいと思います」

と言って、岡本真夜の『TOMORROW』を歌った。

♪涙の数だけ強くなれるよ、アスファルトに咲く花のように、見るものすべてにおびえないで、明日は来るよ、君のために♪

と出だしのワンフレーズまで歌って終わった。

「これ以上歌うと、著作権に引っかかってきますので」

と言うと、笑いが起きた。

「最後に結びとして、親として娘が、酸いも甘いも知るであろうこれからの人生を、自分で決断して行く道を、近くで見守ってやりたいと考えております」

と閉めくくった。話し終えると、司会者が、

「丁度、良い時間となりましたので、皆様、体育館のほうへご移動ください」

と案内をしたので、保護者達は席を立って移動した。

結局、担任の先生の話はカットになってしまった。これでは、場繋ぎではなく、担任のお株を奪ってしまったことになり、申し訳ないと思いながら担任の先生のほうを見たら、諦め顔になっていた。

これ以降の娘の卒業式は、中学生の時は母の通夜と重なって欠席し、高校や大学の卒業式は型通りの式典だったので、私の心に一番に残った式は、やはりこの時だったと思う。

娘の前歯

娘は歯が丈夫なほうではない。父親のほうのDNAによるものか、歯磨き習慣の教育が悪かったのか、いずれにせよ、歯に纏わるトラブルが多かったように思う。

あれは、娘が中学生の時だった。

風邪で休んでいたが治ったので、私は娘を学校まで送っていった。担任の先生に直接伝えたいことがあったのだが、会えなかったので、私は娘に次のように言い聞かせた。

「体育の授業があったら、『まだ本調子じゃないので、休ませてほしい』と、先生に言うのよ」と。娘は、「分かったよ」と言って、玄関へと姿を消した。

私は母と親類の葬式を控えていたので、急いで学校をあとにした。

葬儀のお経が終わって、一段落した時だった。携帯が鳴ったので見ると、中学校からだった。すぐに出ると、体育の先生の声だった。

「八十島さんが、バスケットボールの試合中に転んで前歯が折れたので、これから市民病院へ連れて行きます」という内容だった。その場にいた親類の人達は、「ここはもういいから、娘さんの所へ行きな」の言葉に押されて、私はすぐに市民病院へ向かった。途中、運転しながら思った。

――あんなに体育の授業に出るな！　と念を押して言ったのに。しかも転んだ時に、まず、手が先に出るだろうに、どんな転び方をしたのだろうか？　と疑問に感じながら、車のアクセルを踏み、スピードを上げて急いだ。

病院に着くなり、歯科口腔科を目指して走った。走りながら患者さん達からの異様な視線を感じた。

――あ、そうか。喪服姿のままで病院に駆け込んだから、何と準備のいい人だと間違えられても可笑しくないわね。

気が動転していたから、着替えてからなんて思わなかったので、しょうがない。

歯科口腔科へ行くと娘と養護の先生がいて、丁度、治療が終わったところだった。医師から、「応急処置は終了しましたので、明日改めて、かかりつけ医へ行ってください」との説明を受け、再度学校へ戻った。保健室で、体育の先生から経緯を聞いた。

当初、体育館で娘は座って休んでいたが、バスケットボールの試合をすることになって、一グループだけ一人足りなかったので、休んでいる中から比較的元気そうな娘に声が掛かったらしい。気が弱い娘は、先生からの声がけにNOと言えなかったのだろう。

体育の先生は平謝りなさったが、当時、コマーシャルで『芸能人は歯が命』というキャッチコピーが流行っていたので、私は、

「娘は、将来、芸能人になるか分かりませんが、一般人であっても前歯は命です!!」

と言った。私の剣幕に教頭と体育の先生は、ひたすら謝るしかなかった。

帰宅して娘の顔を見ながら、普通はこける前に反射的に手が出るだろうに、顔を先に床にぶつけるなんて、我が娘の運動神経の鈍さに呆れた一日だった。

二度目の前歯のトラブルは、やはり中学生で、関西方面へ二泊三日の修学旅行に出かけた時だった。

一泊したその翌朝、七時頃、家の電話が鳴った。早朝の電話は、嫌な予感がした。

受話器を取ると、養護の先生からだった。

「八十島さんが、昨夜、ホテルの夕食に出たフランスパンを食べられて、朝起きたら、前歯が外れたので、今から歯医者へ連れていきます。丁度、歯医者がホテルの隣にあって良かったです」

――おい、またかよ。今度は京都だから、流石に私は行けない。

先生は続けて、

「今日のオプショナルツアーは、八十島さんは広島方面を申し込まれていたのですが、無理なので治療が終わったら、最短コースの神戸方面のツアーに参加してもらうことになります」

との説明だった。私は、

「それでは宜しくお願いします」

と言うしかなかった。受話器を下ろすと、何と運の悪い子かと思った。たかがフランスパンくらいで、前歯が外れるとは。他の子供達も食べていただろうに、何でうちの子だけがと、不憫に思うと同時に、本人にとってフランスパンがトラウマにならなければ良いなぁと思った。

前歯一本の話だが、前歯が人間の顔の表情を、左右すると言っても過言ではない。昔は藤山寛美や、コロナでお亡くなりになった志村けんといった芸人が、前歯を一本黒塗りしただけで笑いがとれる程、人間の顔は間抜けづらになってしまうから、これが不思議である。たかが前歯、されど前歯か。誰にとっても前歯は、大事なところである。

電話セールス（その1）

娘が高校三年生になり、受験を間近に控えた或る日のことだった。

家の固定電話が鳴った。携帯電話が主流になってくると、自宅の電話は、セールスの内容のものが多い。この時もそうだった。電話に出ると、呉服屋からだった。

「お宅様には、お嬢様がいらっしゃいますよね。成人式の着物はお決まりでしょうか？」

と尋ねてくる。私は唖然とした。受験を控えて、家の空気が張り詰めていた時期だけに、成人式まで、まだ二年もあるのに、よもや着物のセールスとは。私は、

「うちは、受験を控えており、着物どころではありません。第一、あなた、着物姿で受験している学生をご覧になったこと、おありですか？」

と反対に質問してみた。すると、相手は、

「これは失礼致しました」

と言って、早々に電話を切った。電話を切ったあとで思った。何故、我が家に成人式を迎える娘がいることを知っているのだろうか。以前聞いたことがあるが、使用目的に応じて、名簿を購入できる流通があるらしい。

このご時世、自分が知らないところで、個人情報が氾濫していることを承知しておかないといけないと思った。

娘の大学時代

娘は、関西にある女子大へ進学した。私は、娘には大学時代に、勉学と共に恋愛の一つや二つくらい経験して、青春時代を謳歌してもらいたいと思っていた。

娘のワンルームマンションは、交通の便が良いところにあり、私は遊びも兼ねて、様子見に時々お邪魔した。

玄関に足を踏み入れる。男性用の靴がない。次に洗面所を見るが、男性用の歯ブラシがない。私の期待に反し、男っ気が何にも感じられない部屋だった。それどころか、床には、こびりついた食べ物にカビが生えているフライパンが転がっているし、ペットボトルやゴミが散乱状態で、フローリングが見えないくらいだ。ゴミと思いきや、よく見ると大学の教科書が所狭しと積み上げてあった。

こんな状態の部屋を見せられて、毎月仕送りをしている当方としては、開いた口が塞がらなかった。裏を返せば、こんな娘に育てたのは当方の責任でもある。あまりにも自由奔放に育てたツケが回ってきた感じだった。これでは彼氏なんて、できるわけがない。

帰宅した娘に私は、

「大学へ行っても、異性は教授だけなのだから、アルバイトに行きなさい！」

と助言して帰った。暫くして、娘から連絡があった。

「大手の商業施設でアルバイトすることになったよ」

娘は大学以外で居場所が見つけられて、声が弾んでいた。私のアドバイスが効いたのか、

「ところで売り場は何処なの？」

「ベビー服売り場よ」

ベビー服売り場なんて、パパさんしか来ないじゃないか。咄嗟に、

「店長に言って、紳士服売り場に替えてもらいなさい」

と言ったが、娘はそのようにしなかった。その上、娘は初めてのアルバイトで、稼いだお金の魅力にとりつかれ、勉学よりもアルバイトに精を出した。これでは本末転倒である。「アルバイトへ行きなさい」と提案したのは私だが、こんなに熱心になるとは予想外だった。

結局、娘は大学生活では彼氏はできず、アルバイトを経験して卒業した。

世の中は、こっちの思い通りにはいかないものだと、改めて思った。

成人式

娘が成人式を迎える前々年の十二月の頃だった。

成人式に着る振袖は、レンタルにしようと決めていた。だが、当人は関西の大学へ通っている身のため、振袖を決めるためだけに、頻繁に帰省できない。

そんな十二月の或る日、新聞の折り込みチラシに、「本人でなくても保護者の方だけでも、事前に振袖を下見できます」とあったので、私は一人で雪が降る中、広告の呉服屋へ足を運んだ。

店に入るや否や、年配の女性が出てきて、椅子を勧められた。腰掛けると用紙を出される。

「娘さんのお名前、現住所、電話番号を記入してください」

「ただ、チラシを見て、下見に来ただけなのです」

「後日、ＤＭをお送りしたいので、どうしても記入してほしいのです」

私はこれ以上、後にも引けず、最低限の情報だけ記入した。すると店員は、私に緑茶を出しておもてなしをする。情報をゲットできたので、まずは一安心したのだろう。

次に好みの色とか、娘の身長、予算を聞いてきた。これで条件を絞り込んだので、私は言った。

「実物を見せてほしいのですが」

「実物は二階に展示してございます」

その言葉に釣られて二階へ上がると、私のあとにもう一人の店員がついてきた。二人の店員は、矢継ぎ早にあれこれと勧めるが、私は思ったことを伝えた。

「洋服と同じで、袖を通してみないと感じが分からないわ」

「どうぞ奥様、お気に召された物を服の上から、お試しくださいませ」

「それじゃ、これをお願いします」

と私も遠慮なく言った。すると、二人係りで私に振袖を着付け、帯まで締めて、

「どうぞ、姿見でご覧ください」

「フンフン」

と言いながら、娘の顔を想像して似合うだろうかと疑問に思ったので、

「すみませんが、こちらも着てみていいかしら」

と厚かましく言うと、店員達は、私の心を掴もうと笑みを浮かべながら、

「どうぞ、どうぞ」

と言って、二枚目を着付けしてくれた。普段、振袖を着る機会なんてない私は、お姫様のような気分がしてきた。

その上、二階の部屋はファンヒーターで暖かくしてあり、服の上から振袖を着たので、私の体からは汗が滴り落ち始めた。

まだこの時点で、この店で振袖を借りると決断していないので、何十万円もする振袖を、汗で汚したらまずいと思い、慌てて脱ごうとした時だった。そこは少し段差があり、段の上には沢山の振袖が並べてあった。その段差を踏み外した私は、よろけて、バターンという大きな音と共に、振袖の上に覆い被さるように、倒れてしまった。

店員達は、私の体よりも振袖のほうが心配だったみたいで、乱れた振袖を慌てて始末し始め

た。その様子を目の当たりにしていた私は、二人の年配の店員に説教をした。

「まず接客業とは、このような想定外なことが起きても、一番にお客様の体に気を配ることです。『お客様、お怪我はなかったでしょうか、大丈夫でしたでしょうか』と声掛けするのが、接客業の基本です」と説く。続けて、

「それなのに、あなた達が取った行動は、振袖ばかり気にして、お客様をほったらかし状態でしたね」

とそこまで言うと、店員達は観念したかのように、

「申し訳ございません」

と素直に詫びた。それを見て、

「私も舞踊家か歌舞伎役者なら、もう少しおしとやかに、倒れることができたかもしれませんが」

と答えたら、店員達は笑いだした。私も釣られて笑った。

結局、本人が帰省した時にでも、また伺いますと伝えて、この場は治まった。

外に出たら、駐車した私の車には、二十センチくらいの雪が積もっていた。車の中から除雪用のスコップを取り出し、雪かきを始めた。降り続く雪の中を、汗と鼻水を流しながら雪かきをしているというのに、二人の店員は見送りのため店の前で立ったままだ。お客様が孤軍奮闘しているというのに、少しはお手伝いしようという気持ちが起きないのか。先程「接客業と

は」と説明したばかりなのに、全然分かっていない。

この店の対応にがっかりした私は、娘と訪れることはなかった。

もう一点、成人式の付き物は、写真である。

写真は、式典の当日は、過密スケジュールでゆっくり撮影している時間がないため、前撮りをするのが一般的だ。

九月の残暑が厳しい日であった。

プロのカメラマンが、最初は庭園をバックにポーズをし、「番傘を持って、和室の廊下を歩いてみて」と言って、目線の位置や顔の向きまで、矢継ぎ早に色々と指示してきた。静寂の中で、カメラのシャッター音だけが響く。振袖姿の娘は、段々疲れた表情を浮かべ始めた。

それでも、カメラマンの「あと、もう少しだから」との言葉に乗せられて、次に言われたポーズは、何と金屏風の前で「横たわるように」と言う。これでは、まるで金屏風の後ろに布団が敷いてあることを想像してしまいそうなポーズである。これが、成人式に相応しい写真と言えるだろうかと、私は疑問に思った。

初めてのことだったので、カメラマンの言われるままに応じたが、釈然としなかった。注文した写真には、当然ながら金屏風のものは省いた。

それから、十年の月日が流れた。娘は未だに独身で、金屏風の前で文金高島田の姿とは、まだまだ無縁みたいだ。親としては複雑な心境である。

うちの家族と愛犬

日常会話

私は、四年間の大学生活を終えた娘の将来は、本人の意思任せだったので、そのまま関西で就職しても良いと思っていたが、娘はUターンしてきた。なので、私、夫、娘とペットの犬一匹の生活が始まった。

夫は、成人した娘を、一人の女性として見るように意識していた。

一方、娘のほうは、成人した女性という感覚はないに等しい。夫の目に入る場所に、平気で下着を脱ぎ捨てている。否応なしに目にした夫は、ショックを受けて、

「これからは、俺の下着とあなた達の下着は、別々にして洗って欲しい」

と言う。世間では逆パターンで、娘のほうから言いだすことを、うちでは反対に夫から言うのであった。

また或る日、娘がこんなことを言った。

「お風呂は、母ちゃんのあとに入ると垢が浮いています。父ちゃんのあとに入ると、男性だから短毛が浮いています。だから、私が入ったあとが一番綺麗なのです」

と、誇らしげに言うので、私はすかさず、

「あなたも生理中は、お湯が血に染まっていますわよ」

と答えたら、娘は撃沈して何も反論ができなかった。

うちは、セクハラまがいの会話がはびこっている家庭なのだ。

愛犬との出会い

我が家には、十九年と二ヶ月生きた犬がいた。

娘が小学校四年生の時に、弟か妹が欲しいとねだったが、私の年齢からそれは無理だったので、代わりに犬を飼うことにした。犬種はトイプードルの雄で、生後三ヶ月で我が家に来た。名前はプータロウから取って、プー太と名付けた。

購入したペットショップは、ティーカップサイズだと言っていたが、育ててみたらバケツサイズになってしまった。犬を飼うことは初めてだったので、最初は戸惑うことも多かった。

例えば、雄犬は片足を上げて用を足す。だからオシッコシートは、L型の壁掛け用が必要だった。雌犬はしゃがんでするので平面型で大丈夫だが、この点だけでも費用が違う。その上、人間と同様で、若い時は勢いがあるので二枚必要だった。マーキングをして縄張りを張りたがる傾向があった。

　当初は、ゲージの中で用を足させ、就寝するように心がけたがどうも上手くいかない。成犬になった頃には、ゲージから解放してやり、家の中を自由奔放に歩くようにした。ストレスから解放されたプー太は、我が身を犬ではなく人間だと思っているようだ。その証拠に、散歩に連れ出して雌犬が寄ってきても顔を背ける。むしろ年配のお婆さんの足を好んだ。しかも細身ではなく、ポッチャリした足が好みでマーキングするものだから、私が謝罪する羽目になる。先方もよく分かっていただき、

「こんな婆さんの足で、満足してくれるのなら」と言って、プー太が来ると、率先しておみ足を提供してくださる。これがプー太の散歩コースでの日課だった。

　プー太は、十九年間に三度、脱走した経験があった。

　一度目は、近所に住む娘の同級生のお宅の玄関先に行っていた。同級生の女の子は、プー太にとって初恋の人だった。その女の子の体型はポッチャリ系で、肌に弾力があり、プー太の理想だった。犬の嗅覚は、人間の一万倍近くあると言われているからだろう。近所とはいえ、よくぞ辿り着いたものだ。ＧＰＳでもプー太の体に装着しておけば解明できただろうに。今となってはどうやって行ったのか分からない。

　二度目も近所のお宅だった。うちの庭は雑草だらけだが、この家の庭は、手入れが行き届いていて綺麗だったので、プー太にしてみれば、こんな庭で遊びたかったのかもしれない。ピンポンが鳴ってドアを開けると、そこの庭のご主人。

「この犬、お宅の犬ですよね」と言われるまで、私達は気づかなかった。三度目は、この町内にある公園で遊んでいたらしい。目撃した人から電話があって見に行くと、やはりプー太だった。

三回共、家族が誰も気づかないうちに脱走するとは、お見逸れしました。

犬を飼っている人の中には、将来、繁殖させる予定がない人は、早い段階で雄なら、去勢手術をするのが常識だが、私は犬にも〝犬権〟があると思うので、青春を謳歌してもらい、十年くらい経ってから去勢手術をした。

「タマタマちゃんを取ったということは、名前もプー太からプー子に改名しなくちゃいけないかしら?」

「そこまでする必要はありません」

と獣医に言われた。その場に居合わせた飼い主達は、私達の会話を聞いて笑っていた。ごっともなご意見だったが、タマタマちゃんを取られた当の犬は、どう思っているのだろうか。本〝犬〟の意思ではなく飼い主の都合でやったことだけに、何故か申し訳ない気分になって、帰路に就いた。

愛犬の運動会

人間の運動会は、大方の人が保育園か小学生時代に初めて体験をするのだが、犬の運動会があることを知ったのは、プー太が老犬になってからだ。たまたま動物病院にポスターが張ってあったのを見たのが、きっかけだった。

令和元年に開催されたワンワン運動会に、参加した時のことだ。プー太にとって二回目の挑戦だった。事前に主催者に申し込むと、年齢制限はなかったが、参加犬の中では、十六歳になるプー太が一番の老犬と分かったので、団体競技は他犬に迷惑を掛けそうなので、個犬競技だけ参加しようと思っていたら、主催者は逆のほうが良いと言う。プー太以外の犬は、二〜五歳の若い犬で、走るスピード感が全然違うから、むしろ団体競技のみになさったほうが良いと言われ、言われるままにした。

当日は、快晴で運動会日和。私はプー太を連れて参加した。途中から娘もやって来た。団体競技は、青と赤の二つのグループに分かれ、前に走った人からタスキを貰い、飼い主と犬が一緒に十メートルくらい走って、飼い主が小麦粉入りトレーに顔を突っ込んで、飴玉を探し口に入れて、再び折り返し走って戻り、次の人にタスキを渡すという競技だった。

その様を見ていて、何人も顔を突っ込んだトレーに、自分も突っ込まなきゃいけないと思った私は、不衛生な印象を持った。コロナ禍だったら、考えられない競技だった。

プー太は周りのムードに押されて、必死に走った。私も六十代ながら走った。

多分参加した中では、犬も老犬で飼い主も高齢者は、私達だけだったろう。

走り終わって、私は顔が気になったので鏡で見たら、歌舞伎役者のような顔になっていた。

お隣さんが見かねて、ウエットティシュをくださった。うちのグループは負けたが、勝敗なんて私にはどうでもよかった。だが、景品を見たら、やはり勝ちたかった。

運動会には、多種の小型犬が主で、三十匹くらい参加していた。プー太は老犬だが、モテた。手入れの行き届いた、若い雌犬が執拗に寄ってくるのに、知らない素振りをする。タマタマちゃんを取ったから、異性への興味がなくなったのかもしれない。ワンワン運動会は、犬にとっては出会いの機会でもあったのだが……。

あとは、ファッションショーに参加して、運動会は終了した。

後日、主催者へファッションショー時の写真を貰いに行った。

「団体競技は、犬のほうが人間よりも嗅覚が発達しているのだから、飴玉探しは犬にやらせたほうが良かったのでは」と私が助言したら、「次回の参考にします」と返事があった。ブルドッグやパグと言ったシワが多い犬種に、小麦粉が付いたらどんな面相になるか、想像しただけでも可笑しい。犬がやってこそ、ワンワン運動会じゃないかしらと思った。

愛犬の散歩

プー太は散歩が好きな犬なのだが、雨や雪の多い土地柄だけに、晴れの日は貴重な散歩日和だった。

或る日のこと、往路はあまり通ったことのない道を、復路は散歩コースの道を、と考えて出かけた。往路の途中で、郵便局やドラッグストアに立ち寄った。プー太は、自分の匂いが付いてない道だったので、私に寄り添って歩いた。郵便局やドラッグストアの出入口でリードを結んで、私が用事を済ませるまで、プー太は外でじっと待っていた。

購入した品物を入れたエコバッグを左肩にかけ、右手はリードを引っ張って、復路のコースを歩きだした。

途中、川沿いの土手は五段の階段があり、プー太は自力で上れなかったので、私が手伝ってやった。いつもの見慣れた散歩コースだったので、私は一度も振り返ることなく歩いた。

そして、下りる土手に差し掛かった時だった。振り返るとプー太がいないではないか。

一瞬、頭がまっ白になって歩いてきた土手を捜すが、見渡す限りプー太の姿がない。

私は慌てて、来た道を、「プー太‼　プー太‼」と叫びながら戻った。

途中、すれ違った人に、「犬を見ませんでしたか?」と聞いたが、期待外れの返事だった。

ドラッグストアまで戻ってみたが、見つからない。時間の経過と共に、購入した品物を持ちながら走ったので、私の体は汗だくだった。

こんな形で突然の別れがくるなんて、ショックと悲しみで呆然と立ちつくしていた。私の頭には、動物病院でよく見かける、行方不明の犬のポスターが浮かんだ。そんなことを思い浮かべながら、復路をトボトボと歩いた。そしてまた、土手の所に来た。

すると、土手の真ん中辺りに茶色の物が見えた。なんと、プー太がいるではないか‼

私は思わず、

「あんた、何処に行っていたのよ‼」

と叫んだ。こんなに心配させよってと思いながら、プー太を抱きしめた。再会できた喜びをヒシヒシと感じながら、何で首輪から抜けられたのか考えてみた。

そう言えば、先週、トリミングに行っていた。カットしてもらって身綺麗になったが、首輪の調整を忘れていた。だから首から首輪がスッと抜けたのだろう。

それにしても、二十メートル近くを犬なしリードで引っ張って歩いていた自分の姿を想像したら、可笑しかった。田舎だけに、すれ違う人もいなかったから良かったものの、これが都会だったら、変人に思われていたかもしれない。

本犬はケロッとしているが、私のほうは、体力、精神力を使い果たした散歩だった。

愛犬の晩年

人間の寿命は延びて、「人生百年」と言われるようになった。同時に犬の寿命も延びていると言う。

プー太を見ていると、人様の老化と全く同じだった。目玉は白く濁っていて白内障になっているらしく、時々物に当たっているから、鼻先の色が変わっている。体つきは痩せ細り、イケメンだった面影は、今はもうない。

その上、認知症の症状も出てくると、以前はオシッコシートで用を足せたのに、今や至る所でするようになってしまった。

私は、トイレットペーパーと消臭剤を持って歩き回る、葛藤の日々が続いた。見かねた夫がペット用のオムツを買ってきてくれた。ペット用のオムツは、雄用と雌用があり、サイズもSSサイズからLLサイズまで揃っており、且つ薄型から長時間用まで、用途に合わせてあった。

当初、嫌がっていたプー太だが、胴に巻いたオムツがコルセット代わりになって、後ろ足が立つようになった。本来の目的と違うが、何が功を奏するかは分からないものだ。暫くは、様子見していたが、やはり、喜んだのも束の間、老化には勝てない。これを機にオムツは手放せなくなった。

数年前に、この家に屋根付きのテラスを増築した。

土地柄、冬は洗濯物を外で干せないので、テラスの中で干すために設えたが、下にプー太のオシッコシートを敷いたので、洗濯物に臭いが付いてしまう。結果、ここがプー太専用のトイレになってしまった。大人三人は小さなスペースで用を済ませているのに、犬一匹が私達の三倍くらいのスペースを占領していることになった。

どちらが主なのか、分からなくなったくらいだ。でも、もうそのテラスへも自力で行けなくなった。

そんな或る日、コロナ禍で外出自粛生活を求められていた頃だった。テラスにお日様が射していたので、プー太に、

「リハビリの練習だよ」

と言って、テラスに出した。暫く、プー太の様子を見ていた夫が言った。

「オ○○○が、オムツからはみ出しているよ」

多分、歩いているうちにオムツがずれたのだろう。二人掛で四苦八苦しながら、オムツを直した。夫がプー太を抱きかかえ、私がオムツの位置を直すのに、

「そっちの穴じゃないわよ。こっちの穴にオ○○○を通すのよ。早くして」

と促した。その会話を聞いていた娘が、

「真っ昼間から、オ○○○と連発して言わないでよ。近所の人が誤解するよ」

と言った。確かに近所の人は犬を見てないから、私達の会話だけが聞こえてくることになる。

八十島さん宅は、巣ごもりでお暇なのかしらと思われそうだ。

犬一匹のオムツ交換に、こんなにあたふたするのだから、これが人間だったら、さぞ体力が必要だろう。改めて介護現場で働く人は、大変だろうなぁと思った。

私の晩年も、施設の方にお世話になるのだろうかと思うと、気が滅入る。できることなら、自宅で最期を迎えたいと思っているが、これぱかりは誰にも分からない。プー太の介護をしながら、心構えとか勉強になる。いい体験だ。

話は逸れるが、介護現場は人材不足に陥っていて、穴埋めに外国人を当てているのが、日本の現状だ。原因の一つは、大変な仕事なのに見合った報酬が出ていないからだろう。もっと厚遇するべきだと思う。

もう既に、第一次ベビーブームの人が、後期高齢者の仲間入りをしている。益々、少子高齢化が進み、老老介護になり、老人施設に行っても、どっちが入居者でどっちが介護者なのか、分からない時代がやって来るかもしれない。日本の将来を考えると、早く打つ手を考えなくてはいけないが、難題だ。この問題解決の糸口を考えるのが、議員とお役人の仕事だが、机上で考えてみてもいいアイディアは浮かばないであろう。まずは、現場を見る姿勢が問われる。

しかも今、七十五歳以上の人を後期高齢者と言い、六十五歳以上の人は前期高齢者と呼ぶ。誰が発案したのか知らないが、このネーミングはいかがなものだろうか？　人生の先輩達は大学受験でもなかろうに、前期と後期と呼ばれて抵抗感はないのだろうか？　私も考えたら、前期高齢者の仲間入りをしていた。全く不愉快だ。

私は病院ボランティアを、かれこれ十五年以上続けている。主に、再診の受付や車イスの人の介助を手伝っている。大したことをやっているわけでもないのに、患者さんから、「ありがとう」と言われると、嬉しい気持ちになり、社会貢献した気分になる。私ができることと言えば、これくらいのことしかないが、できるだけ続けようと思っている。

愛犬の生きた証

プー太が十九歳を過ぎた頃、市役所から電話があった。

何事かと思いきや、人間は百歳を迎えると、行政から表彰状と記念品を頂けるが、長寿犬にも同様の表彰があり、プー太がその対象になるので、推薦しても良いかという内容だった。

今や「人生百年時代」と言われ、日本に百歳以上の方が、九万人以上いらっしゃる現状を考えたら、百歳なんて珍しくなくなった。だが、このイベントだけは、今も続いている。表彰されて、めでたいと本人は本当に思っているのだろうか。それは、千差万別だと思う。

うちのプー太は、人間で言えば百歳を過ぎたお爺ちゃんである。昔は、人間の残飯を食べていたが、今は栄養バランスがいいペットフードを食べるようになって、犬も長寿になった。

とは言え、百歳を超すと骨格は歪み、食べる以外はほとんど動かず、一日中寝たきり状態である。寝てばかりいるので、床ずれもできている。市役所の人に聞いてみた。

「当選すると何か頂けるのかしら?」

「表彰状と記念品です」

と言う。人間と全く同じである。もし当選して、表彰状を頂いても、犬は字が読めないし、単なる紙切れだと思うと私は内心可笑しくなってきた。当選の最終判断は、県庁がするらしい。私はしつこく聞いてみたくなった。

「当選は、県庁の何課が決めるのですか?」

「厚生部生活環境課です」

と返事が来て、続けて、

「今年は、九月二十五日が表彰式になります」

と言う。それを聞いて、何と平和な国だろうと思った。世界に目を向けると、ロシア・ウクライナやガザ・イスラエルの戦争で、日々命を脅かされている人がいるというのに。まして厚生部は、コロナ対策で忙しいだろうに。私は、思わず口に出てしまった。

「税金を充てるのだから、そんな使い方をしないで、保護犬に使ったらどうですか?」

「それなら、推薦を取りやめますか?」

と職員は問う。そう言われると、何だか自分から取り下げるのも、気が引ける。

「いいえ、推薦はしてください」

と、自分でも矛盾していると感じながら答えた。飼い主がこんな考えなら、当選しないだろうと思いながら、電話を切った。

それから数週間後、県庁から表彰されることに決まったと案内が届いた。だけど、プー太の体の状態は、段々食べる量が減ってきて痩せ細り、式典までもつか深刻な状況だった。

やはり、私の感は的中して、プー太は九月三日に、静かに逝ってしまった。

県庁にその旨を伝えたら、亡くなっても表彰決定時は生きていたので、受賞の対象になると言われたので、受けることにした。

式典後に、「八十島プー太殿」と書いた表彰状と、犬の刺繍がしてあるタオルが送られてきた。これでプー太の生きた証が残せたと思い、遺骨の隣に飾った。

愛犬の家族葬

プー太は、令和四年九月三日に、静かに息を引き取った。十九歳と二ヶ月の命だった。

私はプー太と同じリビングルームにいたにも拘わらず、夫が二階から下りてきて、「プー太、息してないぞ‼」と言われるまで、気が付かなかった。

奇声も上げなければ、動く気配もなかった。老衰とは、こういう感じで逝くのかなと思った。

すぐに二階にいた娘を呼んだ。プー太を見て亡くなったことを感じ取った娘は、大粒の涙を流した。いつかこういう日が来ることは分かっていたものの、実際、その場に立ち会うと悲しみが襲ってきた。

夫は、プー太が我が家にやって来てから今日までに撮った写真を、パソコンからプリントアウトして、プー太の周りに置いた。その夜は、プー太を真ん中にして、娘と私で川の字になって寝た。

翌日、ペット葬儀社に電話して、午後の四時から家族葬をする手配をした。この日は日曜日で、来週の日曜日だったら、私が新しい仕事に就く予定だったので、今日が家族揃っての最後の日でもあった。それを考えると、迷惑を掛けないようにと思って、このタイミングを選んだのだろうか。

葬儀まで時間があったので、私と娘は、それぞれプー太宛に手紙を書いた。

プー太をベッドごと車に積んで、葬儀社へと向かった。

途中、プー太を散歩に連れ出した公園に差し掛かった時、娘が言った。

「プー太が好きだった公園を一周してやったら」

私も同感だったので、夫は言われた通りに一周した。私は、プー太に向かって、

——お前が好きだった公園だよ——と呟いた。

葬儀場に着くと、造花で作られた祭壇があった。そこにプー太を安置して、葬儀社の人から犬の名前と年齢を書かされた。年齢を見た葬儀社の人が、「長生きされましたね」と言ってく

れた。

　暫くすると、両親の時と同じ浄土真宗のお経が流れた。うちの宗派も聞かずに、勝手に録音したテープのお経が流れた。途中、家族三人が入れ替わって、お香を摘まみ一礼をした。

お経が終わると別棟に移動した。そこは火葬場だった。私達は、プー太に手紙やお花、一着しか買ってやらなかった洋服を掛けたりした。葬儀社の人に、

「これで最期のお別れとなります」と言われた瞬間、私と娘は涙が溢れ出した。

　まさしく人間とのお別れと一緒だった。プー太は、ピザ釜みたいな所へスッと入っていった。分厚い鉄板のドアが閉まった。葬儀社の人がボタンを押したと同時に、ボッと火が付いた。

「お骨になるまで四十分程掛かりますので、別棟でお待ちください」と言われ、移動した。

　別棟には、お骨を入れる骨壺が、小型犬から大型犬まで対応できるように、何種類も置いてあった。葬儀社の人に言われるままに選んだ。次は、骨壺カバーを選んだ。模様や色違いのものまで七種類もあったが、菊模様のシルバー色にした。

　そうこうしているうちに、時間が来た。火葬場に行くと、お骨になったプー太がいた。葬儀社の人が説明をし始めた。

「こちらが喉仏です。下のほうから順次、骨壺に入れてください」と。そして違い箸を渡された。

　骨拾いも、人間と全く同じである。最後に頭部を納めてから、喉仏を入れて蓋を閉じた。

これで葬儀は終了して、費用を支払い、私はプー太の亡骸が入った骨壺を抱いて、車に乗り込んだ。帰り道、車窓から夕陽が綺麗に沈むのが見えた。今頃、プー太は何処へ行ったのだろうかと思いながら、家路に就いた。

翌朝、プー太に餌やりのルーティンがなくなって、もういないのだと実感した。私は、父の遺骨を預かった時にしたように、正信偈（しょうしんげ）を読んだ。これを唱えることによって、私の心が少し落ち着くからでもあった。

夫と娘は、プー太の鳴き声がまだ聞こえると言う。家族の中でも、プー太の死を受け入れるのに、まだまだ時間が必要だった。改めてプー太は、家族の一員だったのだ。

愛犬の遺産

プー太が亡くなって数日後のことである。

リビングのソファーに、未使用のオムツがＳＳサイズからＭサイズまで、山盛りに残っていたのを見て、私は何かに活用できないかと考えた。

ふと思いついて、娘に尋ねてみた。

「あなたの生理時に、ナプキン代わりに使わない？」

「母ちゃんこそ、尿漏れパットに使ったら良いじゃないの」

二人のやり取りを聞いていた夫が、妙案を言った。

「廃油に使ったら良いじゃないか」

結局、この案に落ち着いた。

このご時世、ＳＤＧｓを考えたら、極力プラゴミを出さない方向に動きつつある。ゴミの出し方も細かく分別するようになり、出す時は神経を使う。

うちの町内は、ゴミ出し時間が六時半から八時半までの二時間に決まっていて、当日のゴミ当番が集積所を解錠することになっていた。

或る日、町内でも有名なトラブルメーカーのＡさんが、ゴミ当番だった。Ｂさんがゴミ出しにやって来たのは、一分前の六時二十九分だった。ＡさんはＢさんに、

「六時半まで、あと一分あります」と言って、解錠しなかった。

この話を聞いて、何と世の中には融通の利かない人がいるのだろう。何も秒単位で競うスポーツをしているわけでもないのに。集積所を前にして二人のいい歳をしたおっさんが、時間を気にしながら立っていた姿を想像しただけでも可笑しかった。二人にとって、この一分はさぞ長く感じたことだろう。

また、Ａさんがゴミ当番の別の日、私が八時三十一分にゴミ出しに行ったら、

「八十島さん、もう少し早く出してください」と注意された。

一分でも遅れたことに間違いないのだから、私は、

「ハイ」と答えた。

するると、私より遅く一人の男性が、ゴミ出しにやって来た。私は、当然この男性にもAさんは注意するはずだと思っていたら、しないのだ。Aさんは、人を見て判断する輩だと思った。私から言えば、筋が通っていない。

以前にも、Aさんは二年任期の町内会長の役を、心臓が悪いからと言って一年で放りだした。そんなに具合が悪いのかと思っていたら、宮沢賢治の詩のように「雨ニモマケズ、風ニモマケズ」の精神で、不燃物のゴミ出し日は傘を差して立っているのだ。誰もしないことをできるのなら、町内会長を続けられただろうに。矛盾していると感じた。

町内会長の役職を放りだして、十年以上の歳月が流れた。今、Aさんは、秋は町内の公園の落ち葉清掃に、冬は公園前に積もった雪かきに精を出している。どんな心臓をしているのだろう。心臓に毛が生えているとしか思えない。

ここの町名は「アーバンタウン」と言う。私達が家を建てて、三十年近くになろうとしている。比例して、住人も年老いた。だから、私は、「オールドアーバンタウン」と改名してもいいのではないか？　と思う。

心臓に毛が生えていると言えば、他にもいた。国会の本会議や委員会等で寝ている議員が映る場面だ。カメラが回っていることを知りながら、よく眠れるなぁ。秘書が注意しないのかしら？　昨夜は何処かの料亭でお過ごしだったのかしら？　それともパーティーに参加なさっていたのかしら？

いずれにせよ、自分の姿を見て、反省してもらいたいものだ。

税金で食べているのだから……。

プー太のオムツから話は大分逸れたが、プー太が使用していたものでリサイクルできるものは残して、少しずつ断捨離していかなければいけないと思うが、とりあえずオムツの使い道を家族で話して決めただけでも、ＳＤＧｓを考える機会になったと思った。

遭遇した豚

プー太の話の延長戦ではないが、動物の話である。

或る日、片側二車線の道を運転していた時だった。私の車は、右側の車線を走っていて、ふと左側の車線を見たら、檻に豚四頭が入れられた軽トラックと遭遇した。

軽トラックの揺れで、豚は立つことができず、座ったままだったが、顔を見ると、なんとも愛くるしい顔立ちをしていた。多分、これから殺生されるのだろうと思うと、私の心の中に罪悪感が生まれた。

信号機が赤になったので停止したら、軽トラックも同列に止まった。私は、スマホを取り出し、四頭の豚を撮った。これで最期だと思うと、私が見届けてあげたい気持ちになったからである。そして豚に向かって叫んだ。

――今度生まれてくる時は、人間になって生まれて来なさいよ‼　と。

人間に生まれても、受難の人生を送ることになるかもしれないが、少なくとも死の選択を他人に握られることはないからと。

その後、暫くはトンカツ・豚汁・生姜焼き等の料理を見る度に、遭遇した豚の顔が浮かんだ。

せめて、残さず全部食べてあげようと思ったのも、私なりの供養だった。

還暦を過ぎた私

患者さんとのやり取り

私は還暦を過ぎてから、ハローワークで見つけた富山市にある病院の仕事に就いた。

仕事の内容は、患者さんが持参した処方箋を、指定された薬局にＦＡＸするだけである。しかも今時のコンピューターは進化していて、薬局名の頭文字を入力さえすれば、県内の店が、あいうえお順に出てくる優れものだ。

私は操作しながら、世の中にはこんな便利なコンピューターを開発する頭脳を持ち合わせた人がいるというのに、自分は何のために生まれてきたのか、自己嫌悪に陥ることもあった。

私は、患者さんに「こんにちは」と声掛けし、送信が終わると「お大事にしてください」と言い添える。

午後からの担当だったので、予約の患者さんが多く、午前に比べてめっきり数が減る。手持ち無沙汰になる時間もあり、患者層は高齢者が多いので、つい話し掛けると乗ってくる人もいた。

そんな或る日のこと、ヨタヨタと歩いてきた高齢のお爺さんに応対していた時だった。突然、ブーーと大きなサイレンが鳴り響いた。

「四階から火災発生、火災発生!!」と院内放送が流れた。

それを聞いたお爺さんが、一目散に二階のロビーから外へ走っていく姿に、目が点になった。

まさしく「火事場の馬鹿力」とは、こういうことを言うのではないかと思った。

私も逃げようとしたが、この病院は四階まで吹き抜けになっていて、二階から四階まで見える。見上げてみたが火の粉も飛んでないし、白煙も出ていない。消防車も一向に来る気配がない。他の医療スタッフも逃げだす様子もない。

暫くして、誤報だったと情報が入った。

やれやれと思っていたところへ、先程、一目散に逃げたお爺さんが私の所に戻って来て、開口一番、

「俺、外で待っていたのに、何故、あなた達は出てこないのか!!」

「あら、ごめんなさい。先程のサイレンは誤報でした」

と答えたら、お爺さんは腰を抜かし、また、ヨタヨタしながら帰っていった。その姿を見て、思わず笑ってしまった。お爺さんにしてみれば、病を押してまで全速力で走ったのに、無駄だったとは。

また或る日、私がうつむいて仕事をしていた時だった。何処からもなく、

「お姉さん、お姉さん!!」

と呼ぶ声がしたので、私のことか？　そんな風に呼ばれるのは久し振りだわと思いながら、顔を上げたら、

「あ、元お姉さんだった!!」

と患者さんが言った。確かに本当のことだから、私も釣られて、

「ハイ、元お姉さんです」

とちょっと不機嫌に答えた。

人間は本当のことを真正面から言われると、気分を害する人が多い。例えば、禿げている人に面と向かって言うと、気分を悪くなさるのと同じだ。

私は、その患者さんが去ったあと、

——あなたも、元お兄さんだったじゃないか……。

と呟いて、溜飲を下げた。

人様の中には、自分の発言を否定してもらいたい人がいる。

また或る日、高齢の患者さんが来て、

「もう、死にたいわ」

と言うので、

「それなら、病院に来なきゃいいじゃないの」

と私は答えた。すると、その患者さんにとって想定外の返事だったみたいで、そそくさと帰

っていった。本当は、「そんなことを言わないで、一日でも長く生きてくださいよ」みたいな言葉を期待していたのかもしれないが、私は直球でものを言う人間である。「死にたいなぁ」なんて言う人に限って、本心は逆なのだと気づかされた一コマだった。

また別の日、一人暮らしをしているお爺さんがやって来て、

「妻が十年前に、大腸ガンで亡くなってから、ずっと一人身だよ」

「十年経っても、あなたを迎えに来ないなんて、奥さんは、あの世で別の男性ができているわよ」

と答えたら、お爺さんは、

「あんた、なかなか面白いことを言う人だね」

と言って、続けて、

「一人身でお金を使うことがないから、貯まってしょうがない」

「それなら、遺言状をお書きになって、『私に少しお渡しします』と書いていただきたいわ」

と言いながら、私の名札を見せたら、

「遺言状は、もう書いた」

「じゃ、どういう内容で書いたの」

「二人の娘に、平等に相続するように書いた」

と言う。私は構わず、

「でもまだ、お元気そうな顔立ちをしていらっしゃるから、今からでも遅くないから、書き直してみたら」

「今日は、あなたみたいな面白い人に会えただけでも、この病院に来た甲斐があった」

と言い置いて、帰っていった。

六十歳を過ぎても社会と接していると、いろんな考えを持った人と出会える。

「人生百年時代」に入り、六十五歳で定年と言われても、元気なシニアは働いて社会に貢献したほうが国のためにもなり、規則正しい生活は、本人にとっても認知症を防いで良いことだと思う。それには、政治がシニアの活用を積極的に取り組んで欲しいと願う。政治家には、定年がないのだから……。

病院ボランティア

私は、住んでいる街の病院のボランティア活動を十五年以上続けている。住んでいる人間は高齢者が多いから、患者層も高齢者になる。十五年以上も続けてこられたのは、大した介助でもないのに、「ありがとう」と言われると社会貢献をしている気になり、嬉しくなるからであろう。また、患者様との会話のやり取りが面白いからでもある。

或る日、年配のお爺さんがやってきて、再診機のタッチパネルの手伝いをしたら、最初に検

査と出てきたので、

「まず、二階の検査室へ行ってください」

と言うと、お爺さんは不安げな様子をした。

「それでは、私が検査室まで案内します」

と答えたら一安心したみたいで、私のあとに続いて歩いてきた。検査室の受付に再診票を出したら、看護師が、

「尿検査をしますので、紙コップを渡しますから、尿を出してください」

と手渡した。するとお爺さんは、

「丁度良かった。今、したいと思っていたところだった！」

と答えた。それを聞いた私は、

「それじゃ今、一杯溜まっているわね。溜まっているからと言って、ビールのように紙コップになみなみと注ぐんじゃないのよ」

と注意した。この会話を聞いていた看護師は、下を向いて笑っていた。

同日、再診機に、今度はお婆さんがやってきた。診察券カードを入れながら、

「この病院に来るのは、久し振りだわ」

と言うので、私は随分前かと思っていたら、

「二年前よ」

「どちらの科だったのですか」

「整形外科だったけど、治ったのよ」

「それは、奇跡に近いわ。藪医者ばっかり揃っている病院なのに」

と言ったら、お婆さんはケラケラと笑いだした。続けて私は、

「こんなこと、医者の前では言えないけどね」

と小声で話した。お婆さんは頷きながら立ち去った。

また或る日、再診機前で戸惑っていた患者さんがいて、私が手伝ってあげたら、

「ボーッとしているから」

と言い訳をするので、

「ボーッとしているからこそ、病院に来たのではないの？　頭がしっかりしている人だったら、こんなところに来ないでしょ！」

と答えた。

「面白い人だねぇ」

と言われた。

また別の日、会計のところに、車イスに乗った高齢のお婆さんがいらしたので、声がけをした。

「付き添いの方、どなたかいらっしゃいますか？」

「主人が会計のほうに行っています」

とお答えになったので、私は会計のほうに目を向けたが、それらしき人はいなかった。ソファーに座って待っていらっしゃる方かなぁと思い、お婆さんの車イスを押しながら、それらしき方々にお声がけした。

「ご主人はこの方ですか」

「いいえ、違います」

「ではこの方ですか」

「いいえ、違います」

「それではこの方ですか」

「いいえ、違います」

と立て続けに三人の方に聞いたが、誰も該当しない。私はこれで、ご主人は会計のところにいないと確信したのだが、お婆さんが、

「あちらの柱の背後にいるはずよ!!」

と言い張る。私はまさか影武者じゃあるまいし、そんなわけがないでしょと思いながら覗いてみたら、やはりそれらしき人はいなかった。お婆さんにそのことを伝えたら、

「そんなはずがない。自分の目で確かめたい!!」

と頑なに言うので、車イスを柱の背後まで移動させた。

「ほら、やっぱりいらっしゃらないでしょう」

「あら、そうだわね」

とやっと認めた。

「ご主人は、あなたを置いて帰ったのでは？」

「えーっ」

と言って、お婆さんは言葉を失った。再度、私は、

「ご主人は、きっとあなたの顔に飽きちゃって、新しい彼女を求めて、あなたを置き去りにして行ったんじゃないの」

と言った。お婆さんは、もう反論する余地はなかった。

私は内心、大昔だったら、このご主人は奥さんを姥捨て山へ連れていきたかったのだが、それはチョット酷だと思い、病院なら何とかしてくれると思ったのではないかと言いたかった。

だが、これは流石にモラハラにあたると思い、言わなかった。

「それでは、ご主人の名前を大声で呼んであげますから、何とおっしゃるの？」

「正しいに進むと書いて『正進（しょうしん）』というの」

「ご主人は、正しく人生を進んできたの？」

と聞くと、おばあさんは笑っていた。私は大声で、

「正進さん!!　正進さん!!」

と何度も呼びかけたが、誰も反応がなかった。私は、もうこれ以上呼びかけても無駄だと思い、院内放送をしてもらうしかないと判断した。お婆さんを病院の受付まで案内して、看護師に説明をした。

「まず、この患者様の会計が済んでいるかどうかを確認します」

と言う。少し待っていたら、看護師が、

「この方の会計は、まだ済んでいませんでしたので、私がこの方の受診科の待合室へ見にいってきます」

との説明だった。暫くロビーで待っていたら、看護師が戻ってきて、

「ご主人は、受診科の待合室にいらっしゃいました！」

と息を切らして言った。私は納得できた。このお婆さんは、自分で車イスを動かして会計のところまでやって来たということだ。事なきを得て、あとは看護師に任せて私は去った。

病院という場所柄、緊張してやって来る患者も多いだろう。私が発信する言葉で、その緊張をほぐす効果があれば良いと思う。

以前にも、ハローワークの人が、「面白い方ですね」と言ってくれたので、思わず、「『吉本』の求人はないの？」と聞いたことがあった。勿論、「ありません」と答えられた。

電話セールス（その2）

或る日のこと、二十時過ぎに自宅の固定電話が鳴った。

表示された電話番号に心当たりがなかったので、セールスの電話だと思った。

相手は、最近うちの郵便受けに、パンフレットを投函した外壁修理屋だった。声の主は中年男性で、ソフトな声で、

「私共のパンフレットを、見ていただけましたでしょうか？」

「いいえ、見ていません」

と正直に答えた。すると相手は、

「お宅様の外壁が、そろそろ修理時期にきていると思いまして、この機会に考えてみてはいかがでしょうか」

「そりゃ、建てて三十年も過ぎた家なので、外壁は傷んできます。それと比例して、中に住んでいる人間も枯れてきます。外壁はお宅でペイントすれば新築同様になるでしょうが、私の顔は、どんなに厚く塗っても、若い頃のようにはなりません。むしろ、終の住処を考えなくちゃいけませんので、この家に投資する気持ちはありません」

と答えたら、先方は、

「奥様のお声を聞いていましたら、まだまだお若いじゃないですか。終の住処だなんて、まだ

早すぎます」

とおだてる。

「あなた、電話だから分からないだけであって、風貌はおばさんです」

と自分から認めた発言をした。先方も、これ以上話を続けても商売に結びつかないと判断して電話を切った。受話器を下ろしたら、三十分くらい話していたことになる。二度と電話してこないだろうと思った。

電話セールス（その3）

また別の日のこと、受話器を取ると中年女性の声で、

「奥様、もう要らなくなったジュエリーや着物といった類いの物、一品から査定しております。何か不用品はございませんか」

「一品だけでも良いのかしら？」

と念を押すように聞くと、

「ハイ、さようでございます」

「じゃ、うちの夫です」と冗談で言ってみたが、

「えっ!!」

と言って、続けて、

「生き物は、扱っておりません！」

「あら、残念だわ。うちの夫は六十八歳になるけど、まだ現役並みに稼いできてくれるのに」

「失礼しました！」

と言って、慌てて電話を切っていった。

不用品とばかりと思っていた生き物だって、或る日、貴重な価値に変わる時がある。

それは、同居していたお婆さんが、交通事故に遭って亡くなるケースだ。事故前までは、家族にとって負担に思っていたのに、交通事故で亡くなるや、「大事な、大事な家族だった‼」と言って、高額な賠償金を請求してくるのだ。

こんな話を聞くと、人間という生き物は、時と居場所によって、貴重になったり、不用品になったりするものらしいと知った。

本来は、人間の価値に差があってはいけないことだ。法の下では平等であると謳っているが、現実に目をやると特別扱いをされている人もいて、不公平感を覚える。そう思うのは、私だけではないと思う。

最近では、電話番号が０１２０とか、０８００と出たらセールスの電話だと分かり心得たものだ。かけてきた先方に情報元を確認する。

「私共は、〇〇の〇〇でございます。この度、新商品のご案内でお電話致しました」

「私共の電話番号は、どのようにしてお知りになったのですか」

「富山県の台帳を見て、順次お電話しております」

「では、その台帳はどのようにしてゲットされたの？」

と聞くと、プツンと電話は切れてしまった。

これがセールス対策に有効な手段である。

電話セールス（その４）

選挙がある度に、無駄なことだなぁと思うことがある。それは、「〇〇を宜しくお願いします」と電話が掛かってくることだ。

この時も、選挙が近づいていた。定番の、

「〇〇を宜しくお願いします!!」

と年配の女性が電話を掛けてきた。普通の人だったら、

「ハイハイ」

と返事をするところだが、私は、その候補者の政策を知らなかったので、

「〇〇さんは、どんな公約を掲げていらっしゃるの？」

「えっ!!」

と突拍子もない声が返ってきた。私は、

「公約の一つも知らないで、選挙活動をしていらっしゃるの？」

としつこく聞くと、女性はお手上げ状態になり、別の年配の女性が代わって、

「〇〇は、頑張って参ります」

と言っただけで、勝手に電話を切ってしまった。

「頑張って参ります」と言ったが、何を頑張っていくのか、主語がない。こっちは、一方的な電話に唖然としながら、旧態依然の選挙活動をしていることに疑問を持った。

多分、最初の女性は名簿を渡されて、順番に電話を掛ければ良いと指示されたのだろう。私にしてみれば、公約の一つを聞いただけなのに、その辺に張ってあるであろうポスターを見れば、すぐに分かることだろうと思ったが、答えられなかった。

二〇二二年、或る宗教団体が選挙活動に加担していることが判明して、大きな問題になった。道理でそういう人を使っていれば、先程の受け答えになるのも納得できた。

二〇二一年に自民総裁選挙があった時にも、電話があった。この時は開口一番、

「自民党員の皆さん!!」

「ちょっと待ってよ。私は自民党員でもないし、自民党を必ずしも応援しているとは限らないわよ」

と言うと、反応がない。

──あれ!! と思っていたらテープが一方的に流れ、政策を言って終わると、自動的に切れた。

新総裁には、「人の話を聞くことが得意だ」と言う人がなった。これでは言っていることとやっていることは、違うではないか。本当に国民の声を聞く気があれば、こんな一方的なやり方はしないはずだ。これでは、国民の声は届かないであろうと思っていたら、どうもおやめになるらしい。

次の新総裁は、党内の重鎮の声ばかり聞くのではなく国民の声に寄り添ってほしい。国民が納得してない件は、過去に遡ってでも調査して欲しい。それが実行できるのか、国民が見ていることを忘れないで欲しい。時間が経てば忘れるだろうなどと思っているとしたら、甘い！総裁の顔を入れ替えただけの政権だったら、選挙なんてする必要はない。税金の無駄遣いだ。

選挙活動中に公言したことを、有言実行できるか、お手並み拝見と言いたいところだが、期待外れのことが多い。政治家は、自分達の首を絞めることはしないで、国民に税を負担してもらうことばかり考える。政治家にとって特権になっていることは、全部撤廃して欲しい。そうでなくては庶民の生活なんて分かるはずがない。現場にも足を運んで欲しい。料亭ばかりで話をしている場合か。これが政治離れの要因になっているのではないかと思う。

若者が政治に関心を持ち、自分の一票で生活が変わるかもしれない意識づけで、投票所に足を運び、投票率が半分以上に達したら、初めて国民に認められた政治家だと思う。是非投票率が上がるような政治を展開してもらいたいものだ。

選挙活動

選挙活動には、電話宣伝と選挙演説がある。選挙演説の中には、応援演説も入ってくる。ある候補者の応援演説を聞いた時があった。

それは、候補者の奥様が、夫の応援と思ってお話しされたものだ。開口一番、

「うちの夫は、イケメンでございます」

と言ったのだ。奥様はウケ狙いのつもりで言ったのかもしれないが、聞いているこちら側は、唖然とした。

夫のほうは、お世辞にもイケメンとは程遠い外見である。その場は白けムードになってしまい、続いて話されても耳に残らなかった。

褒めるにも程がある。奥様は頭が良い方なのだが、一般常識から言えば、的が外れているとしか言えない。これでは民の心に響かない。

結果、やはり落選なさった。

応援演説は、候補者を褒めちぎれば良いというものではない。私だったら、人間には誰しも長所と短所を兼ね備えているものであることを前提に言い、長所を強調して、「この点では、

誰にも負けない政策を実行して参ります」くらいなことを話すだろう。

以前、髪が薄い夫に、帽子をプレゼントしてくださった人がいた。私は、以下のような礼状を書いた。

「不細工な夫ですが、頂いた帽子を被ると紳士に見えてきます」

と。暫くして、その方と夫が会う機会があり、先方は、

「先日、奥様からラブレターを貰いました」

と言って、ご機嫌だったそうだ。これが、単に、

「帽子を頂きまして、ありがとうございました」

と表現しただけの文章だと、型通りで相手の心に響かない。つまり、自分のほうを卑下して、相手を讃える手法を使うのである。応援演説もこのような手法で臨んだほうが良いと思う。

それから、選挙が近づいてくると、挨拶回りをする人がいる。普段はそっぽを向いているのに、こういう時だけ顔を出す。こんなわざとらしい手法を取る人は嫌いだ。一回ぐらいの挨拶だけで、私の貴重な一票を貰えると思っていたら、甘い！

普段から、民の声を聞いて、議員活動に生かしてこそ初めて票に結びつくのである。今からでも遅くはない。私の助言が、己の選挙活動を振り返ってみる機会になれば良いと思う。

箱根駅伝

ここ四、五年、我が家の年越しは、夫とプー太（生存していた時）は富山で、私と娘は東京で迎えていた。

折角、東京に来ているのだから、いつもはテレビ中継でしか見ていない箱根駅伝を見に行くことにした。

選手がゴールインする大手町に二時間前に着いたが、もう人の波で、三列目にやっと場所が取れた。三列目に陣取っても、直前になってやっと選手が来たことが分かる。

テレビ放送と違って、生で見ると選手のスピードが実感できる。思っていたより、遙かに速いではないか。その上、一列目と違って、心の準備が間に合わないので、撮影した写真は、頭だけとか足だけが写ったものになり、その結果、全部消去せざるを得なかった。

写真は上手く撮れなかったが、最後の選手がゴールインするまで見た。走っている選手は勿論のこと、沿道から声援する若者の熱気が凄かった。地方ではなかなか、このような場面に遭遇することがないので、こっちは圧倒された。この雰囲気は地方では体験できないと思った私は、彼氏がいない娘にアドバイスをした。

「これから、優勝した大学の胴上げが始まるから、あなた、そこに潜り込んで一人男性を引っ張ってきなさい」

「そんなことできるわけがないでしょ。マスコミと警備員が張り込んでいるのだから。不審者に思われちゃうよ」

娘の意見はもっともだと思った私は、

「それなら、マスコミが目を向けなくて、ゴールインしたら倒れちゃう選手のポケットに、例えば『最後までよく頑張りましたね。私、応援していましたよ』と、名刺に書いて忍ばせておくのはどうかしら？　正気に戻った選手の中には、連絡してくる人もいるかもよ。下手な鉄砲も数打てば当たるかもしれないから」

と言うと、娘は呆れた顔をした。

彼氏がいない娘に、親としてアイディアを出したつもりだが、娘は、全然話にならないとばかりに実行しない。親子間でも噛み合わないものだと実感した。

コロナ明けにも、二人で箱根駅伝を見に行った。一度目の苦い経験があったので、今度は品川駅の近くの沿道へ行くことにした。現場に到着したら、沿道に誰もいないじゃないか。警備員だけがいたので尋ねてみた。

「選手は、この沿道を何時頃に通過しますか」

「十二時五十分頃ですね」

「あら、まだ二時間もあるわ」

「奥さん、ちょっと早すぎたね」

と笑った。それならば、

「この辺りで写真を撮るとしたら、穴場は何処ですか？」

「あの辺りになりますよ」

と親切に教えてくれた。

それから私と娘は、品川駅に隣接していた商業施設で時間を潰して、再度沿道に戻った。

今度は人波ができていたが、教えてもらった穴場に行くと、一番前に陣取れた。まだ通行止めになっていなかったので、行き交う自動車を被写体代わりにして、動画の練習をしていた。

大体の要領をつかんで、本番に備えていた。

そこへ私の隣に、一人のお爺さんが割り込んできた。

——ギリギリに来て、運がいい人だわねと思ったが、私達は構わず会話をしていた。娘は二台のスマホを操り、一台は実況中継を見ている。

「母ちゃん、今、蒲田辺りに来ているから、もうすぐだよ」

「分かったよ」

と返事をしたら、割り込んできたお爺さんが、

「お母さん、今、選手何処走っているの？」

と聞いてきた。私はすかさず、

「お母さんだと。私、あなたなんか産んだ覚えありません!!」

「これは失礼しました!!」

と言って、謝った。風貌から言っても私より年上そうなのに、「お母さん!!」とよく言えたわねと思った。同じように呼ばれても、若い男性から言われたのなら、私も納得して返事をしただろうに。

私は気分を害したが、一位通過の選手がやって来た頃には、動画を撮ることに夢中になっていた。今回は、練習したおかげで上手くでき、最後の選手まで撮った。

満足した写真が撮れたので、何回も繰り返して見た。若い学生達が颯爽と走る姿に、清々しい気分になる。以前に、私はこう言ったことがある。

「スポーツとビールは、生がいい」と。

あるシンガーのライブ

私は独身時代から、あるシンガーのファンである。ファンと言っても、ファンクラブに入る程ではないが、カセットテープの時代からの付き合いである。

そのシンガーのライブが金沢であった。チケットは、娘が何とか家族三人分をゲットしてくれたのだが、当日行くと体育館の二階席で、しかも後方だった。美声は堪能できたが、シンガーの姿はあまり見られなかった。

次に長野であった時は、夫が主催会社の支店長を介してチケットをゲットしてもらったら、何とアリーナ席の一番前で、シンガーの顔のシミまで分かる席だった。ライブが始まるや否や、私の左側のおっさんがハモり始めた。これが下手だったら私は注意したのだが、意外と上手いのだ。注意しそびれた私の左耳にはおっさんの声が、右耳にはシンガーの美声が聞こえ、変なライブになってしまった。

ライブは終盤に入ると、入場する時に渡されたペンライトを振るのだが、但し書きが付いていた。

「アンコール曲の二曲目に、ペンライトを振ってください」

だが、それを注意して読まなかった人がいて、一曲目に振ってしまった。すると、シンガーが、

「一曲、早いんだよね。仕舞ってくれないかな」

と言った。会場は笑いに包まれて、ライブは終了した。

Mさんの講演会

或る日、私は有名な経済学者Mさんの講演会に行った。

Mさんの講演会は、今回が初めてではなく、二度目だった。前回は十七年前で、場所も開催

時期も同じだった。前回は、講演後に質疑応答の時間があり、私は挙手したが、指名されなかったので、今回は質疑応答で当ててもらえるように前方の席に座った。

講演が終了し、質疑応答の時間になり、私は一番に挙手をしたので、司会者が指名してくれた。私は次のようなことを言った。

「私は、十七年前にもあった講演会に出席した者です。その際、挙手しましたが、当ててもらえなかったので、後日、Mさんの事務所宛に質問状をFAXしました。内容は、『当日のニュースで、大手銀行の定期預金の金利が引き上げと放送していました。日銀の量的緩和解除で、今後の庶民生活にどのような経済効果があるのか』といった質問をしていますが、何の返答もございませんでした。だから、私から言えば、Mさんのイメージは悪うございます」

とハッキリ言った。すると、後方から笑いが起きた。Mさんは慌てて、

「もう一度、何処に送られたのでしょうか」

「Mさんの事務所です」

「僕の家に直接送ってくれたら、返事しました」

と言い訳をした。

私はその返答を聞いて、可笑しいことを言う人だと思った。著名人が自宅の住所を公表しているだろうか。テレビでよく見かけるのは、マスコミが著名人に問いかけしても、「事務所を通してください」と言って、そのまま車に乗って走り去っていくシーンだ。

次に私は、今日の講演内容での疑問点を指摘した。

「世界の人口は、七十六億人です」

「いいえ、今や、八十億人を突破しています」

「新しいデータでは、そうですね」

と答える始末。

「世界の富裕層は、一位がアメリカ、二位が日本」

「いいえ、二位は中国ですよ」

「あっ、そうですね」

とあっさりしたものだ。さらに私は続けた。

「東京の港区のお話が出てきましたが、港区のマンションなんて、一般の日本人が手を出せないくらい価格が高騰していて、円安効果で中国の富裕層が通訳者を連れだって購入しにやって来ています。現に沖縄の無人島も、中国人が購入して話題になったじゃないですか」

ここまで言うと、Mさんは観念したかのように黙り込んでしまった。

私の質問は続いた。

「『日本は高齢化が進んで、年金は下がっていきます。今、ご夫婦で平均二十二万円の年金ですが、これが十三万円くらいまで下がります。でもこの金額でも生活していけますから、大丈夫です。僕は、週末は田舎暮らしをしていますから、畑仕事をしますから、野菜はほとんどそれで賄えますし、コメは実家から送ってもらっています。電気は、ソーラーパネルで自家発電をしていますので、十三万円の年金でも充分やっていけます』と説明されましたが、『一口に田舎』と言っても、Mさんが住んでいらっしゃる田舎は、東京に近い田舎で、富山県みたいな純然たる田舎とは違います」

と反論した。

「『富山県のとある村長が、県庁が渋ったにも拘わらず、住民の一割が入場できるホールを建てられて、Mさんに講演依頼があった。依頼を受けたMさんは、自身の講演会にそんなに人がやって来るかなぁと疑心暗鬼だったけれど、当日は立ち見が出るほど満員御礼だったので、その村長を讃えた』という話をなさいましたが、ホールを維持管理するには、一年のうち、満員御礼の日が多くないと黒字にはなりません。県庁が渋ったのは、その点を危惧したからではありませんか。そしてその村長は、現在の村長ではなく、一期前の村長だったらセクハラ問題で失脚しています」

と語った。Mさんは目が点になっていた。私は続けて、

「講演する前に、もっと下調べをなさったほうが良いと思います」

と付け加えた。

ここまで言うと、一人の男性が、「長いなぁ」とつぶやいたが、私は構わず、最後に質問を二点した。

「一点目は、今日のタイトルは、『経済と戦争はつながっている』でしたが、講演の中には、戦争のことは全然触れられてなかったですね。どうつながっているのか、理解できませんでした。二点目は、地方の疲弊化は、国の予想よりも猛スピードで進んでいます。商店街を歩けばシャッター通り街になっていますし、住宅地を歩けば更地や売り家の看板が立っている状況です。経済の観点から、地方創生するにはどう対処すれば良いのか、いいアドバイスがあればお聞かせください」

それに対し、Mさんの答えは曖昧な返事だった。

評論家や政治家の中には、新幹線でやって来て、講演会を二時間くらいして、また新幹線でそそくさと帰っていくような人が少なくないが、そんなことでは実態を掴めないと思う。現場を歩いてこそ、地方が抱えている問題が見えてくるのではないだろうか。

Mさんの講演を聞いて、切実にそう思った。

老化現象

口臭

人間は、歳を重ねると体の組織が病んでくる。脳から足先まで広範囲にわたる。

中でも私が気になるのは、口臭である。

私は、趣味がお喋りというくらい話し好きで、気が合う人だったら、一晩、お茶とお菓子だけで語り尽くしたこともあった。今までの中では、最高十一時間、話した記録がある。流石に、この時は喉が嗄れてしまったが、暫くすると戻ってくる。

私は、他人と話をしている時に、相手がそれとなく一歩身を引くような動作をすると、私の口臭が臭っているのかと気を揉む。相手は他人だから、臭っていても正直に言ってくれない。その点、家族は正直に言ってくれる。

或る時、夫が、

「お前、口臭いぞ」

と言うので、私もそうかと認識して、歯磨きを丁寧にするように心がけている。だが私は、この歯磨きがどうも苦手である。歯医者さんで歯磨きの仕方を懇切丁寧に教えてくれるのだが、気が短い私は、悠長に歯ブラシを上下に、細かく動かしながら歯垢を取る作業は苦手である。つい手を抜いてしまうので、虫歯になりやすい。

ギリギリまで放置して、痛みが我慢できなくなった頃に、やっと重い腰を上げ、歯医者さんに予約を入れる羽目になる。

虫歯になっている場所は、大概奥歯が多いので、健康保険が効く範囲で治療すると、銀歯をはめ込まれる。銀歯が並んだ奥歯を見ると、大きな口を開いて笑うのは躊躇（ためら）う。

だが、銀歯がキラッと見えても、笑うことがあるほうが、より幸せじゃないかと、開き直ったりもする。

今回も銀歯を入れられると思っていたら、医療が進歩して、健康保険内で白い歯を付けることができるようになったという。私は、立て続けに三本の銀歯を白い歯に直してもらった。銀歯ほど丈夫ではないらしいが、見た目が全然違う。これで安心して、大きな口を開けて笑える。

ドクターが聞いてきた。

「虫歯の治療はこれで終了ですが、他に気になるところはありませんか？」

「口臭が気になるのですが……」

ドクターが私の口の中の臭いを嗅いだ。

「大丈夫ですよ」

「でも家族が、『口が臭い』と言うのです」

「大丈夫、大丈夫！」

と太鼓判を押してくれたので、私は、

「それじゃ、先生、私とキスできますか」

と尋ねると、ドクターは咄嗟に一歩身を引いた。

やはり他人は、言葉より態度に出るものだと思った。

外見

夫は、若い頃は髪がフサフサあり、容貌が秋元康に似ていたので結婚に踏み切ったのだが、今やその面影はなく、年と共に髪の毛は随分と減った。

禿げ方にも、私は拘りがある。バーコードタイプや一対九分けは好きではない。

夫の禿げ方は、『サザエさん』に出てくる波平さんタイプで、頭部の頂が陸の孤島のような形を呈していて、昔、丁稚奉公に出された小僧のようになるのではないかと危惧している。

或る日、私と娘がテレビでサッカー観戦していると、そこに映ったスキンヘッドの外国人選手を見て、私は尋ねた。

「父ちゃんもスキンヘッドにしたら、良いと思わない？」

「あの選手は、鼻が高いからスキンヘッドでも格好良いけど、父ちゃんみたいなタイプの人がスキンヘッドにしたら、大仏様みたいになっちゃうよ」

と娘が反論した。もっともなご意見だったので、私も頷いた。

夫だけではない。私も外見の衰えを感じる。目尻は下がり、口元も下がる。胸も下がるし、下腹の贅肉も下がる。引力が働くから、防ぎようがない。

しかし、よく考えたら、一つだけ上がったものがあった。

それは、生理だった。

そう言えば、最近のテレビコマーシャルに、ナプキンの宣伝が多い。一昔前までは、タブーなことで、とても考えられなかった。コマーシャルでは、「薄くても安心」とか、「何度寝返りを打っても大丈夫」と謳っている。

試したいと思っても、ナプキンを卒業した六十代の私には縁がないと思っていたが、「吸収力抜群の紙オムツ」のコマーシャルが流れた。

私の老後には紙オムツが控えていると思ったら、女の一生は、紙オムツで始まり、紙オムツで終わると言っても過言ではない。

物忘れ

或る日、夫と私はデパートへ出かけた。

珍しく混んでいると思ったら、バレンタインデー間近でチョコを求める客が多くいたせいだった。考えてみたら、長年連れ添った夫に、チョコをプレゼントしたことがなかった。

私はその場の雰囲気に呑まれて、つい、夫に言ってしまった。

「チョコを買ってあげるわよ」

「俺はチョコなんて要らない。その代わり帽子を買ってくれ」

前述のように、夫の頭が寒風にさらされたら、さぞかし寒いだろうくらいなことは想像できる。チョコより予算オーバーになるが、本人希望ならば致し方ない。帽子を購入するために紳士服売り場へ行った。

だが、時期が二月だったので、冬物の帽子は数少なかった。夫の顔面は大きいので、残っていた帽子を次から次へと被ってみるが、どれも帽子から顔がはみ出していた。

お世辞にも似合わない。店員も無理に薦めない。

諦めて帰ろうとしたら、店員がこの近くに帽子専門店があると親切に教えてくれた。私達はその店へ向かった。

流石、帽子専門店だけのことはあって、品数が多く揃っていた。夫は、片っ端からいろんな帽子に手を付けた。その中から漸く一点、似合いそうな帽子を選んだ。

被った姿を見て、私は店主に聞いた。

「それ辺りが無難だわね。だけどよく見たら、ホテルのベルボーイが被っているのと似てない？」

「ホテルのベルボーイが被っているのは、もっと高さがありますよ」

と答えた。値段もお手頃だったので、

「じゃ、これをバレンタインデー用のプレゼントでお願いします」

「何と気の利く奥様ですね」

と店主は褒めてくれた。

私達の会話を尻目に、夫はもう一点購入するつもりなのか、懸命に物色していた。

夫が選んだもう一点はブランドの品で、私が購入した品物より七千円高かったが、こちらは夫が支払った。「チョコを」と口走ったが、よもや帽子に変わり高く付いたが、帰宅の車中で夫は満足げだった。

購入した帽子二個を日替わりのように使用していたが、購入して一週間程経った頃、夫が叫んだ。

「俺が購入した値段が高いほうの帽子を、なくしてしまった‼」

「一週間の行動をよく振り返ってみて」

と私は言い返した。

すると夫は、出張にＪＲを利用したことを思い出して、ＪＲに電話を入れて帽子の忘れ物がなかったかを確認したが、「ない」と言われた。

次に、出張の際に利用したタクシー会社へも電話を入れたが、ここでも「ない」との返事だった。

三ヶ所目に確認したのは、接待で使ったバーのママの所だった。電話で確認すれば充分なはずなのに、夫は五千円支払って、わざわざ出向いていった。五千円も支払って確認するくらいなら、あと数千円を足せば、新品が買えるではないか。そうしてまで確認に行ったにもかかわらず、ママの所にも「ない」と言われた。

私にしてみれば、何やっているのだと思いつつ、夫の行動に呆れた。

それから三日後のことであった。なくした帽子を被って夫が帰宅した。その姿を見た私は、思わず、

「何処にあったのよ!!」

「車の中にあった」

散々大騒ぎしておきながら、この結末に唖然とした。

人間は、一旦思い込むと、身近を見ることを忘れてしまい、違う場所に気が向かう。

これを機に、夫は、「物がない」という言葉が多くなった。

最近、私も記憶力が衰えてきていると実感する。新しい人の名前を憶えるのも大変だ。特に稀な名前を憶える時は、何かにヒントを付けて憶えるようにしている。

例えば、「王生(いくるみ)」さんは、「ぬいぐるみ」と憶えていたら出てくるし、「千々和(ちぢわ)」さんは、「ち

くわ」と憶えていたら何とか出てくる。

新しく憶える人だけではない。過去の人の名前も出てこない時がある。だから、「あの人」とか、「その人」と言った表現が多くなる。

海馬が萎縮するとはこういうことかと実感する日々である。

頑固な性格

人間は記憶力が落ちていくと共に、性格も頑固になっていく傾向にある。若い頃は、相手の意見が正論だと認めたら、素直に、「そうだわね」と言ったものだが、お互いに還暦も過ぎ、夫婦生活も三十年以上の付き合いになると、意見を言っても、持論が正しいと思って、簡単に譲らない。

或る日の夜、夫と私は口論になった。お互いの意見が食い違った。私は、十人十色の言葉があるように、考えが違っても本人がそういう風な捉え方をしたのなら、それで良いじゃないかと思うほうだが、夫は短気な性分が顕著に出てきた。

口論のあとに私は内風呂に入ったが、夫は「銭湯に行く」と言って、出かけていった。風呂から上がり、パジャマに着替えた頃に娘が帰宅した。

すると、電話が鳴った。見ると夫の携帯からだったので、私は先程の喧嘩が尾を引いていたこともあって、娘に頼んだ。

「父ちゃんからだから、あなたが出て」

「うん、うん」

と頷いたかと思うと、

「えーっ」

と叫んで、深刻そうな顔つきをした。受話器を下ろすなり、

「『父ちゃんが、風呂屋で滑って転んで、大きなたんこぶができたから、今、急患医療センターに来ている。もう、駄目かも』と言った」

と伝えてくれた。

しかし、本当に生死に関わる程危ない状態なら、本人が電話してくるだろうか。疑問に思いながらも洋服に着替え、コートを羽織って、娘の運転で急患医療センターへ急いだ。

途中、「駄目かも」という言葉が脳裏に強く残って、最悪の場合を考えた。もし、葬式を出すことになれば、私が喪主になって挨拶をしなければいけない。

「夫は、風呂屋で滑って転んで、あの世に旅立ちました」

と挨拶したら、列席者は悲しむより笑うだろうと思った。そんなことを考えていたら、急患医療センターに着いた。駐車場には夫の車があった。

急患医療センターに入ったら、見たことがある看護師が対応してくれた。マスク顔をよく見

たら、同じ町内の人だった。何というタイミングの悪さかと思った。私は外科へ急いだ。

夫は検査中でレントゲンを撮っていて、暫く椅子に腰掛けて待っていたが、娘がやって来ないことに、――冷たい奴だなぁと思って入り口に引き返したら、先程の看護師が、

「付き添いは一人までに制限されているから、娘さんは車の中で待機していらっしゃいます」

と言う。納得した私は、外科へ戻った。丁度、夫が検査を終えて出てきて、私の顔を見るや、

「お前でなくて、娘のほうがいい！」

と言いだす始末。頭にきた私は、先程の看護師にこのことを説明した。

「それは、失礼ですね」

と同情してくれた。

検査の結果が出たので、夫に続いて私も診察室に入った。ドクターは、

「レントゲン写真で見る限りでは、頭部に内出血は見当たらないが、首の頚椎が歪んでいるね」

と言いながら、看護師に両肩に湿布薬を貼るように指示を出した。続けて、

「高血圧の薬を飲んでいるのだね。塩分を控える食事をしなくちゃいけないよ。それは、食事を作る人が……」

と言いかけて、私の顔を見たので、

「夫は、自分で味噌汁を作ります」

と答えると、ドクターは意外な顔をして、夫に向かって、

「あんた、自分で作っているの？」

「ハイ、味噌汁は私が作っています」

少し間があいてから、ドクターは、

「とりあえず、頭部は明日、大病院へ行って、ＣＴ検査をしてもらったほうが良いよ。今日は、痛み止めの薬を出しておくから」

とアドバイスをした。私は、

「大病院は、紹介状がないと高く請求されるので、紹介状を書いていただけませんか」

と付け加えた。

大事に至らなくて良かったと思いながら、各自の車で帰宅した。

帰宅の車中で、天は私の意見に味方してくれたと思った。そしてこの一連の行動を振り返ってみると、義母も同じ行動に走ったことを思い出した。

それは、私達と同居していた頃で、私と口論になった義母は頭にきて、車を運転し外出したが自損事故を起こした。義母は運転に集中できず、

「他のことを考えていた」

と言い訳をしていた。やはり、親子して同じことをするものだと、改めて思った。

翌日、大病院へ行った夫は、

「打撲だった」

と一言だけ伝えた。

その夜に、銭湯の人から電話があった。昨日の客は、その後どうなったのか心配してくれて、電話をしてきたのだろう。私が状態を説明したら、

「それは、大事に至らなくて良かったですね」

「大変ご迷惑をおかけしました」

と言って、電話を切った。

地声（その2）

人間は歳を重ねると、耳が聞こえなくなる傾向にある。私も例外ではない。

私は、母が亡くなった喪失感と、更年期で女性ホルモンのバランスが崩れたことをきっかけに、不眠症になった。だから長い間、クリニックでお薬を処方してもらっていた。

年の瀬が近づいていた或る日、いつもは一人で通っていたが、この時は娘も用事があり、一緒に行くことになった。娘は待合室にいて、診察室には私だけが呼ばれて入った。

診察を終えて出てきたら、娘が開口一番に、

「他の患者さんの声は全然聞こえてこないのに、母ちゃんの時だけ大きな声がして、それが喧

嘩を売っているように聞こえてくるんだよ」と教えてくれた。

娘に言われて、私の地声の大きいことを改めて認識した。これでは、他の患者さんに、私の容態が悪くてドクターに文句を言っていると誤解されてしまうと思った。

耳が遠いから地声が大きくなるのか、それとも地声が大きいから耳が遠いのか、自分でも分からない。別にドクターに怒っているわけではない。むしろ、ドクターとは和やかに話をしている時が多い。この時だって私は、

「人生を振り返って、異性と付き合った時間をランク付けにして考えた時、一位は夫、二位は父、三位は先生ですが、来年も通うことになれば、父を越して先生が二位に浮上しそうなのよ。その上、最近、夫は『疲れた』と連発しているから、私が未亡人になって亡くなるまで先生の所に通うことになったら、先生が一位になっちゃうかも」

と言ったら、ドクターは大笑いをした。だから、ドクターとは、病気の話ではなくプライベートな話のほうが多い。

薬の処方だって、私のほうから「今回はこの薬は、要らないです」と言うから、ドクターは私の指示通りになさる。どっちがドクターで、どっちが患者なのか、立場が逆転する時もあり、だから何故投薬料が掛かるのか合点がいかないこともあった。ドクターとは、お互いに笑い合うことが多いのに、それが喧嘩しているように聞こえていたとはショックだった。

だが、地声が大きい人が役に立つ時もあるのだと、気づかされたことがあった。

それは、選挙に立候補する予定者が訪ねて来た時だった。私の地声を聞いて、

「奥さんは、ウグイス嬢にもってこいだなぁ」

「ハイ、私はマイクなしでもいけますし、且つ〇〇教会とは接点もございませんので、安心して使えます」

と言ってしまった。

今まで、地声が大きいことは、マイナスイメージしかなかったのだが、プラスになる時だってあるのだと知った。

終活

電話セールス（その5）

人間は、いつか必ず死ぬ。これだけは平等だ。だが、それがいつやって来るかは、本人は分からない。だから生きていけるかもしれない。

葬儀の形式も、コロナ禍を経て随分様変わりして、家族葬や小さな葬式が主流になってきた。最近では、葬儀場のテレビコマーシャルが、やたらと目に付く。

そんな或る日、葬儀屋から電話があった。私もそろそろ終活を始めなくてはと思っていた矢先だった。

「奥様、今、私共では葬儀の下見キャンペーンをしておりまして、是非、ご参加なさってはいかがでしょうか」

「葬儀の下見とは、どんな内容ですか？」

「お出しするお食事を試食したり、祭壇や返礼品を、色々と見ていただいたりします」

そこで私は聞いた。

「柩の中に入ってみる体験はありませんか？」

葬儀屋は、想定外の質問だったみたいで、笑いながら答えた。

「それは、ございません」

「亡くなってから入るところだから、狭く感じたり、窮屈に感じたりしても、本人は文句が言えないから生前に体験しておきたいのよ」

「お客様のお声を、今後の参考にさせていただきます」

と言って、一方的に電話を切ってしまった。

役者さんは、死人の役が回ってきたら、柩に入る体験ができるだろうが、一般人は、なかなか体験できる機会がない。是非、下見会のコースに入れて欲しいと思った。

葬儀の形式が変わってきたと同時に、墓の形態も変わりつつある。従来の墓石だと、子孫に墓守を託すことになって迷惑を掛けるから、樹木葬や海洋散骨、合同墓等を選択する人が出てきた。

私は、ペットと入れる樹木葬を希望しているのだが、田舎ではまだないに等しい。何故なら墓石屋にとって、石を使わない墓なんて儲けにならないからだ。都会で見つけるしかないのだろうか。

このご時世は終の棲家だけではなく、自分の死後まで考えなくちゃいけない時代に突入した。昔ならば、年を取れば隠居してれば良かったが、今は、考えなくちゃいけないことが多くなった。そういう時代になったということを、自覚しなければいけない。

仏壇購入

コロナ禍の或る日、商業施設へ行った時のことだった。新しく増設したフロアがあると聞いて行くと、仏壇屋に目が止まった。そこには、素敵な現代仏壇が置いてあった。仏壇のイメージと言えば、てっきり実家にあるような、金箔が施されていて、観音開きの高価な仏壇しかないと思っていた。ところが、そこに置いてあった仏壇は、コンパクトな木目の家具調で、きらびやかではない。一目だけでは、仏壇とは見えなかった。

幾つかの中で、扉が格子に作ってある仏壇が一番気に入った。ライトを点けると、格子からぼんやりと明かりが漏れてくる。何だか温かい気持ちになって、癒やされる。私の家には仏壇がないので、早速、購入することに決めたのだが、仏壇を置く和室は、物が散乱していることに気付いた私は、そのことを店長に話をした。

「これは家具調ですから、リビングでも大丈夫ですよ」

と教えてくれた。私は、自分の親族だからいいが、夫にとっては、義理の両親の遺影を見ながら食事をするのも、如何なものかと思った。私だったら、とても耐えられない。食事が喉を通らないだろう。やはり、ここは和室のほうが収まるだろうと思った。

購入した仏壇は、和室の緑色の壁にマッチして、しっくりと収まった。遺影を飾る所が思っていたよりも狭かったので、

「将来、私達の遺影も飾ったら、三密にならないかしら」

と言うと、設置してくれた仏壇屋は笑っていた。

「だけど、よく考えたら、亡くなってから飾るのだから、関係ないわね」

と自分で言いだしながら納得した。

仏壇屋が帰っていったあと、両親の遺影に向かって、

「長い間お待たせしました。やっと落ち着きましたね」

と声をかけ、ライトを点けて、線香に火を付けた。

すると、煙が真っ直ぐに上に延びて、ライトに当たると、今度は横に広がっていった。ずーっと見ていても飽きない。我ながら良い買い物をしたと満足した。

できることなら、私の最期は、この仏壇の前で死を迎えたいと思った。死ぬ時は親しい人が迎えにくると聞いたことがあった。格子から漏れてくる灯りで、両親が、

「桂子よ、こっちの道へ来るんだよ」

と誘導してくれそうに思ったからである。

仏壇を購入してから、正信偈（しょうしんげ）を唱えるのが日課になった。それから暫くして娘が、

「同じ仏壇が中古通販で、母ちゃんが購入した額の二十％オフで出ているよ」

と教えてくれた。一瞬唖然としたが、よく考えてみたら、仏壇の中古なんて、前に何処かのご先祖様が祭られていたかと思うと、やはり新調したほうが高くついたが良かったと思った。

相続講演会

私が預金している銀行主催の相続講演会があったので、出席した。

第一部は、落語家が相続に絡んだ話をしたが、基本的な内容だったので、全然ためにならなかった。

第二部は、税理士が交じって、具体例を出しながら説明した。

その中で、遺言状の書き方についての話があった。

「遺言状は、全て自筆でお願いします」

と税理士は話した。そこで、私は挙手して言った。

「財産目録は、パソコンで作成できなかったかしら？」

「はい、それはできます」

と慌てた感じで答え、袖で見ていた第一部の落語家も、

「今日のお客様は、お目が高うございますね」

と言いだす始末。多分、東京からやって来たこの二人は、客層が田舎のお爺さんとお婆さんが相手だから、馬鹿にしていたのだろう。私の一言で、その場の空気が変わった。

次に、税理士がある例を持ち出して、

「この場合はどういう分け方がいいでしょうか？」

と三案から、挙手するよう促した。そこでもまた私は、待ったをかけた。

「判断するには情報量が少ないです。まず、二世帯住宅を建てた時、長男さんが少し費用を出されたのであれば、出資比率に応じて不動産は共同名義になっていませんか？　だとしたら、お母さんが相続する不動産は全額ではありません」

税理士は、もはや呆気に取られて、何とか言い訳をする。落語家もその場を凌ごうと、

「今日のお客様は、ハードルが高うございますね」

とまた、同じことを言った。

そもそも、例を出すにも、こんな田舎で二世帯住宅なんて建てる人は少ない。都会は、土地代が高いから二世帯住宅を建てる人がいるかもしれないが、田舎は土地が余っている。

その土地柄に合った例を出すべきだろう。

二人はペースが狂ってきたものだから、早々に話を終えようとした。

私は、この程度の話だったら、週刊誌の特集を読めばすぐ分かることばかりだったので、期待外れに終わった。主催者に、

「次回は、もっと高度な話をお願いします」

と言って、帰った。

人間の寿命

私は無宗教なので、葬式はしなくて良いと家族に伝えてある。看取りも夫と娘だけで良い。だが、柩に収まった時くらいは、私の希望を叶えて欲しいと考えている。

着せてもらう洋服や花の好み、そして最期に流して欲しい曲名を口頭で伝えたら、夫が、

「いちいち覚えていられないから、エンディングノートに書いておいてくれや」

と言った。確かにそうだなぁと思い、早速エンディングノートを購入した。

エンディングノートは、財産の目録や葬儀の希望、お墓のこと等々を詳しく記入できるようになっていた。最後のページ欄には、遺言状の一式も付録として入っていた。遺言状を書くのに抵抗がある人は、エンディングノートだけでも書いておけば、遺族にとって助かると思うので、是非、お勧めしたい。

「人生百年時代」と言われるようになったが、私は、生への執着心はあまりないので、長生きしたいとは、そう強くは思わない。できたら、ピンピンコロリで逝きたいと思っているが、現実はそう甘くないだろう。ドクターにこんな話をすると、そんな死に方ができる人は、極僅からしい。

昔、夏目雅子という綺麗な女優さんが、二十七歳の若さで亡くなられた。存命していらしたら、私と同じ年齢だ。白血病で亡くなられた時は、美人薄命の言葉がよぎった。神様も美人が

好きなのだろうか。今のところ、全然お迎えの気配がない不細工な私は、神様から、

「まだ現世で頑張りなさい」

と言われているような気分になる。

人間の寿命だけは、誰にも分からない。

大昔は、人間の寿命は五十歳くらいだった。だから、

「親孝行　したい時には　親はなし」

と言ったものだが、今や、倍の百歳近くまで延びた。

そんな時代になってしまったのだ。

「親孝行　したくないのに　親がいる」

医療の進歩で寿命が延びたのは喜ばしいことではあるが、一日でも長く自宅で過ごしたいと思う人が多い反面、子供に迷惑を掛けたくないからと、介護施設に入居なさる方も多いのが現状である。そして、最悪な寝たきり状態だけは避けたいと、誰でも思うことであろう。

なかなか死ぬのも、大変な時代になったものだと思った。

人生はまだ終わらない

動物に癒されて

春先、千葉県にあるマザー牧場へ、雲ひとつない晴れの日に娘と出かけた。

マザー牧場は、東京ドーム約五十三個分の広さがあり、園内はバスで移動する。

最初に羊の牧場へ行った。牧場には羊が何頭か散らばっていた。私は、そばにあった餌箱に二百円を入れ、茶封筒に入った餌袋を一個取り出した。

手に取るや否や、羊達が私のところに寄ってきて、しきりに「餌をくれ」とばかりにフェンスから顔を横にして出す。羊達は、茶封筒に餌が入っていることを承知済みである。

私は、羊達に向かって、

「そんなに慌てないで!!　順番にあげますから」

と言いながら、茶封筒から餌を取り出そうとした。すると、私の左手に持っていたバッグが邪魔だったらしく、一頭の羊が顔でバッグを突いた。私は思わず、

「あなた達、マナーが悪いです！」

と叫んだが、羊達はそんなことお構いなしに、「早くくれ」とばかりにせがんだ。順番に五

頭の羊の口に餌を運んでやったのだが、顔を横にして食べるので餌がこぼれてしまう。地面に落ちた餌を拾って、また、口の中に入れてやった。

最初の一袋目は、あっという間になくなってしまった。と同時に、私の手は羊の唾液でベタベタに濡れてしまった。

次に羊小屋へ移動した。そこには生まれて間もない三頭の仔羊がいた。仔羊達が時々声を発すると、呼応するかのように、同じ羊小屋にいる親羊達が声を発した。その発声が、

「おめぇ」、「てめぇ」、「うめぇ」

と聞こえたので、スタッフに声をかけた。

「羊さん達は、なんて会話していらっしゃるの？」

「分かりません！」

と返ってきた。羊小屋にいる親羊達に二袋目の餌をやっていたら、園児の一行がやって来た。私の餌やりを羨ましそうに見ていた園児達がいた。その視線を感じた私は、

「あなた達もエサやりをしたいの？」

「うん」

「手が濡れちゃうけど、だいじょうぶ？」

「だいじょうぶ」

と答えたので、餌を少しずつ渡した。園児達は楽しそうに餌やりをした。

去り際に、先生が、

「この方にお礼を言いましょう」

と教え、園児達は私のほうを向いて、

「ありがとうございました」

と挨拶をした。さっきの牧場の羊達よりマナーがいいじゃないか。

「どういたしまして。だけど手が濡れたから洗うのよ」

「分かりました」

と言って、その場を去っていった。

次に羊の群れのイベントがあった。一匹の犬が誘導して、二百五十頭の羊達が一本の木の周りを丸くなって円陣を組む。サッカーの試合で、選手達の円陣はよく見かけるが、こっちの円陣のほうが迫力は凄い。圧巻の風景だった。

今度は場所を変えて、午後一時からの子豚のレースを見た。一番から六番のゼッケンを付けた子豚が、ゲートが開くと同時にレースのスタートである。競馬場と同じ光景だ。途中に障害物として、タイヤの半分が出た造り物を通って、ゴールを目指すレースである。事前にのろい子豚のお尻をつつく役を、会場にいた子供達からスタッフが選んで、一頭に一人の子供をつかせた。一等になった子豚についた子供には、メダルが授与される。子豚達にとって、レースは四回、走らされるので過酷だ。

実際にレースが始まった。会場からは、自分が応援したい子豚の番号を叫ぶ声で沸いた。始まってみると、ダントツで四番の子豚が早い。しかも途中の障害物をどの子豚も通らず、脇の隙間を通る。子豚達は何回もレースを体験しているから、コースを熟知しているのだ。

ゴールを目指して走る子豚達の姿の可愛いこと。超面白い!! つい大声を出して声援を送りたくなる。私が推していた三番の子豚は、ビリが多かった。子豚達にしてみれば、一番にゴールしてもご褒美が貰えるわけでもないのにと言いたいだろう。でも観戦しているこちら側は、一生懸命に走る子豚達の姿に、元気を貰えた思いになった。

私は懲りずに、午後三時からの子豚のレースを、また観戦をした。娘は別の場所へ行った。子豚達は、前回の時とメンバーが入れ替わり、新しいメンバーで構成されていた。今度は二番の子豚がダントツで、子供の助けは全く必要ない走りだ。これでは、二番の子豚についた子供は何もしなくてもメダルが貰える。

その様子を見ていた隣のファミリーの男の子が、泣き叫んだ。

「僕も出たかった!!」

すると男の子をなだめようと、ママが、

「ママも出たかったのよ」

と言ったが、泣きやまなかったので、私が近づいて、

「おばちゃんも出たかったのよ」

と言い添えたが、男の子はまだ泣きやまなかったので、パパに向かって、

「あなた達、また来たら」

とアドバイスをして、その場を去った。

次は、お隣に、牧場の羊と違って、イケメンの羊達がいた。この日はお天気が良かったが風が冷たかった。私は、ウール百％に覆われた羊達の間に割り込んでうずくまった。

――あなた達、とっても肌ざわりが良くて暖かいわ――風よけにぴったりと思った。だが、折角のイケメンなのに、顔に目くそ、鼻くそが付いていたので、スタッフに言った。

「この羊達にシャワーをしてあげたら」

「この子達、水が苦手なんです。五月の連休明けに毛を刈るので、その時にまた見に来てください」

すると、一頭の羊が傍に置いてあったホウキの持ち手をかじり始めた。持ち手は木材でできており、羊はガリガリと音を立てて食べはじめた。その様子を見て、私は、

「この羊さん、おなかすかしているんじゃないの。私達、高い入場料を払って来ているのだから、せめて、おやつくらいあげてくださいい」

と助言をした。すると、近くにいた男の子が、

「羊がオシッコをした！」

と叫んだ。その方向を見たら、地面が濡れていた。続けざまに男の子が、

「こっちの羊がウンチしている！」

と言うので見たら、黒粒のフンを、まるでパチンコ玉が勢いよく出てくるのと同じように、歩きながら出していた。それも一頭にとどまらず、何頭もである。その度にスタッフが塵取りとホウキを持って、後始末に追われていた。

「この羊達は、一日に何回、大のほうをするの？」

「三時間おきです」

一頭につき三時間おきにしたら、一日に八回になる。しかも何頭もいるから、スタッフは後始末だけで一日が終わってしまうじゃないか。地面に落ちたフンを見た私は思わず、

「丹波の黒豆に似ているわね。お正月のおせちに出てくるあの黒豆にそっくりね」

と言ったら、周りにいた人達が一斉に笑った。

動物達に充分癒された一日だった。

娘も大人になって

或る日、娘と焼きとり屋へ行った。

この店は、コの字型のカウンター席のみである。私と娘は隅から三番目に、私が先に娘と並んで座った。

この店の焼きとりには値段が書いてない。私は単品で注文したが、娘は私の財布だと思い、厚かましく「おまかせコース」にした。二人して焼きとりをほおばっていた時、私の隣に一組の男女が一席空けて座った。

私は娘に言った。

「隣の男性、イケメンじゃないかしら」

娘は、姿勢を前かがみにして、横目で見た。

「ハイ、そうですね」

「あの女性には、勿体ない男性ですね」

娘は、再度チラッと横を見て言った。

「ハイ、そうですね」

「男性のリング素敵ね」

娘は、確認して、

「ハイ、そうですね」

「あなたの職場には、隣のような男性はいないですか」

「ハイ、いません」

「あなたの付き合った人で、隣の男性みたいな人はいなかったですか」

「ハイ、いませんでした」

と会話のキャッチボールをしながら、焼きとりに舌鼓を打った。

男親だったらよく口にする言葉に、「男の子が大人になったら、一緒に酒を酌み交わしたい」と言うが、女親も娘とこんな会話ができるようになって、大人になったんだなぁと実感するものである。

あとがき

日本人の平均寿命は、男女共八十歳を超えており、百歳以上の方も、全国に九万人以上いらっしゃる時代になった。

私は、根本的に、人生は「苦である」と思っている。嬉しいこと、楽しいことがあっても長続きはしない。人間は、オギャーと生まれてから、人生の大半を苦の連続で過ごす。苦があるからこそ、幸福感が生きてくるのかもしれない。

では、苦の人生を、人はどうして乗り越えられるのだろうか。

誰しも、健康、経済、仕事、人間関係等々の要因から、何かしらの悩みを抱えながら生きているのが現実だ。人生を前に進めていくことは大変だ。

だが、人生は一回きりである。後ろへは戻れない。

一回きりの人生を、苦であるからと言って、嘆いてばかりいてもしょうがない。

ポジティブに考えたら、人生は捨てたものじゃないと気づかされる。喜怒哀楽の言葉のように、喜び、怒り、哀しみ、楽しみといった感情と付き合いながら、日々を過ごす。そこに笑いが加えられたなら、充実した日々にならないだろうか。

笑うことは、体にも良いと聞く。

人間は、若い頃は些細なことでも笑えたが、人生を長く経験すると、笑うことが少なくなってくる。笑うことが貴重になってくる。

赤ちゃんは、泣くことも多いが、たまに笑ってくれると、周りの人は嬉しくなる。

そう、赤ちゃんの笑いは、周りの人を温かい気持ちにさせてくれる力があるのだ。

人生は、苦の連続かもしれないが、天からの試練だと思って乗り越えるには、笑いが不可欠なのではないだろうか。

今、世界に目をやると、戦争や地震で、多くの人が生死を彷徨う生活を強いられている。笑っている場合ではないだろう。だからこそ、一日でも早く平和な生活が戻って、人々に笑顔がこぼれる日がやって来ることを、切に願う。

私も歩んできた人生を振り返ってみて、笑いを提供したり、されたりすることによって、自分も救われてきたと思う。

私は、一回きりの人生を、笑って過ごせる日が一日でも多くあったらいいなぁと思っている。

二〇二四年十一月

八十島桂子

＊ P46

LIVIN' LA VIDA LOCA
Words & Music by ROBI ROSA and DESMOND CHILD

著者プロフィール
八十島 桂子（やそしま けいこ）
1957年、富山県生まれ。
共立女子短期大学卒。15年間、旅行会社に勤務。
2020年『確執―父の介護から争続になるまで』（幻冬舎文庫）を出版。
2020年、2021年、朝日新聞「かたえくぼ」に投稿、掲載。

笑いがもたらす日々とは

2025年3月15日　初版第1刷発行

著　者　八十島 桂子
発行者　瓜谷 綱延
発行所　株式会社文芸社
〒160-0022　東京都新宿区新宿1－10－1
電話　03-5369-3060（代表）
03-5369-2299（販売）

印刷所　株式会社フクイン

ISBN978-4-286-25679-5
JASRAC 出 2409263－401